XIUCILIQICHENG

张岱年◎著

修辞立其诚

张岱年文化随笔

长江出版传媒 | 长江文艺出版社

图书在版编目（C I P）数据

修辞立其诚：张岱年文化随笔 / 张岱年著. -- 武汉：长江文艺出版社，2020.7
（统编高中语文教科书指定阅读书系）
ISBN 978-7-5702-1548-5

Ⅰ. ①修… Ⅱ. ①张…Ⅲ. ①随笔—作品集—中国—当代 Ⅳ. ①I267.1

中国版本图书馆 CIP 数据核字(2020)第 067337 号

责任编辑：周 阳 邓 妙　　　　责任校对：毛 娟
封面设计：天行云翼・宋晓亮　　　　责任印制：邱 莉 杨 帆

出版：長江出版傳媒 | 长江文艺出版社
地址：武汉市雄楚大街 268 号　　　　邮编：430070
发行：长江文艺出版社
http://www.cjlap.com
印刷：武汉中科兴业印务有限公司

开本：640 毫米×970 毫米　1/16　印张：15.5　插页：1 页
版次：2020 年 7 月第 1 版　　　　2020 年 7 月第 1 次印刷
字数：166 千字

定价：26.00 元

目 录

第一编　哲学篇

第二编　文化篇

第三编　漫笔篇

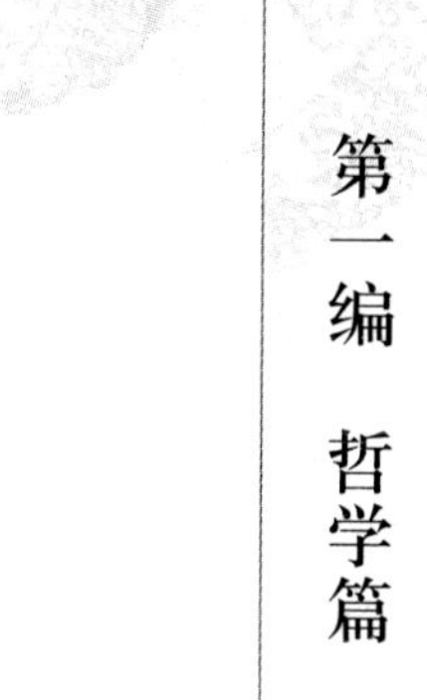

第一编　哲学篇

中国思想源流

人类哲学思想的推进发展，不是直线的，而是曲折的。其中含正反合，然亦非机械的三段，亦许四段。但必有立定、有否定，有否定之否定，表面上复返于初。中国思想发展正是如此。在西洋哲学，整个历史是唯物与唯心，怀疑与独断之争。在中国则不然，在中国是刚柔、损益、动静、有为与无为之争，在宇宙论上则是理气之争。

原始的正，是孔墨，是主动、益、刚，人为的。墨虽反儒，然其最根本的思想与儒无殊，只比儒更刚更动。初次的反，是老、杨，主静、损、柔，反人为。初次合，在汉代，但乃是一个停顿的合。再次的反来自印度，即佛教，比老、杨更极端，再次的合，便是宋明道学。其后又有反，是颜李，排斥老、杨、佛氏及汉宋诸儒的思想，往刚、动、益的方面走。继之又从外来了一个有大力量的反，即西洋哲学。西洋哲学本非统一，而总起来可说是偏于刚动的，此反打破了中国之旧传统，而亦做了颜李的援军。今后的思想，当是吸收了西洋思想以后的新的合，而必亦是原始固有的积极精神之复活。

一、〔源〕 中国思想之结胎时代实在西周。中国思想之最初的表现在《诗》及《书》。《诗》《书》大概都是周之中叶的作品，其中思想是主实、重人的，表现一种宏毅、刚健、朴实的精神。熊十力先生说《诗》云："不离现实而别求天国，亦即于现实生活之中而具超脱意趣，未尝沦溺于物欲。"实最允切。周代为吾国文化初成熟之时，所以思想表现一种沉深、雄厚、伟大、闳肆、创造、前进气息，勤奋、勇猛，而又稳重、宏阔。中国文化之根本性征，中国哲学思想之根本倾向，实在《诗》《书》中已大致决定。

在春秋时代，此种思想为一般贵族学者如季札、子产、晏子、叔向等所保持、发展。子产所谓"天道远，人道迩"，实为中国人的基本态度。

二、〔正之立〕 把古代思想总结起来而成一个一贯系统的第一个哲人是孔子。孔子是开创新时代的人，却也是集大成的人。他结束了以前的时代，开始了新的时代。孔子哲学不是以前思想之反，而乃以前的思想之结晶与更进的发展。在孔子，古代的宏毅、朴质的精神更具体的表现着。"刚毅木讷近仁"，孔子自己实是一个刚毅木讷、气象深厚的人。

孔子一生极有积极勇进的精神，他重现实，重人力。他"知其不可为而为之"，栖栖遑遑，奔波周游，图谋改良当时的社会。"为之不厌"，"发愤忘食，乐以忘忧，不知老之将至"是他的自述。孔子的根本观念是仁，仁即是"己欲立而立人，己欲达而达人"，用现今的词语来说即是"努力扩大发展自己的人格使至于圆满，并助人扩大发展其人格使至于圆满"。孔子很注重刚、勇、义。孔子的思想宏大、圆融、中正，然而在根本上是积极的主动的。

孔子以后便是墨子。墨子比孔子更刚毅，却不及孔子之宏融。墨子是周代尚文的反动，他要把大禹治水的精神拿出来。墨子出身工农，所以能极端刻苦，丝毫不要享乐。他“以绳墨自矫而备世之急”，“日夜不休以自苦为极”。墨子及其弟子的精神可歌可泣，他是古代宏毅、勇猛的精神之偏于一端的表现。

孔子刚毅而宏大中正，墨子则只刚毅。孔子讲节用，同时亦注重礼乐，墨子只讲严格的节用。孔子讲推己及人的仁恕，墨子要爱无差等的兼爱。墨子是孔子思想的一半极端发展起来，而排斥其另一半。但孔墨都尚人为，积极活动，刻苦救世，不怕牺牲，同是弘毅、刚健的精神表现。儒墨在当时虽成敌对之势，其实所争只在小端，如命与鬼，乐与非乐，义与利而已。

三、〔初次反〕 儒墨弘盛的结果，引起了反动，即道家思想。道家的前驱是避世的隐士，在孔子时即不少。渐渐才完成其思想系统，最早的代表当是老聃、杨朱。孔子重刚尚为，老子却要柔，无为。孔子主仁，墨子主兼爱，杨朱却取为我，拔一毛利天下不为。孔子、墨子都积极活动，老子却“不敢为天下先”。老子、杨朱是要全朴葆真，返于自然的。老子是看到人为结果常弄巧成拙，常只毁坏了自然而已，所以要“以懦弱谦下为表，以空虚不毁万物为实”，要“常善救人，常善救物”。老子、杨朱之后有田骈、庄周，更发挥广大消极思想。道家哲学是儒墨的反动。

四、〔正之继进〕 道家的反动，没有阻遏了儒、墨哲学的进展。儒墨都吸收了道家的优长，而完成其更积极的思想。孟子、荀子继续发挥孔子思想，宋钘继续发挥墨子的思想。

在孟子，宏毅刚大的精神更进一步的发挥起来，“吾善养吾浩然之气，其为气也、至大至刚”。孟子哲学主旨在“扩充”，要扩充性中善端以至于圆满。

荀子更进而创出了戡天的思想，“大天而思之，孰与物畜而制之？从天而颂之，孰与制天命而用之？”他坚决主张克服自然以为人用，要“经纬天地而材官万物，制割大理而宇宙里矣”。荀子的制天论，后为《中庸》所发展，略加变更而成“赞天地之化育”的思想，所谓“赞天地之化育”即加入于天地的创造中，一方克服自然，一方与自然调谐，即是协助自然。

《易传》也是发挥宏毅哲学的，“天行健，君子以自强不息”，“乾始能以美利利天下，不言所利，大矣哉！大哉乾乎，刚健中正！”“刚健中正”四字表出了中国固有精神之精髓。

五、〔一旁流〕 在儒、墨、杨三家相争的时候，又起一个较小的旁流，这是一崭新的流，却没有发展到成熟的地步。此流即惠施、公孙龙辩者之学。儒、墨、杨始终不专于求知，惠施、公孙龙才开始专注意辩，注意小问题的分析。辩者之风起，墨家也受其影响，结果有《墨经》的成就。然惠施、公孙龙之学，竟没有完成而绝。

六、〔初次合〕 时间到汉初，社会政治的变化，致成思想界的变化。汉初道家思想盛，武帝则独尊儒术，罢黜百家。表面上虽是孔学定于一尊，实际上汉以后的思想是儒道之合，但又有一个不健全的合，停顿的合，儒家的勇猛有为的精神不容存在了，道家的怀疑否认的精神也不容存在。先秦思想的活动状态停止了，而墨家更因新的社会情况的关系而完全消灭。

七、〔外来的反〕 中国本土的思想安定了，不久却输入了外来的思想，即佛教，又引起了大的变化。

佛教初来不盛，在魏晋时，引起了老庄思想的复活，对于孔教经术，成为一种反动。此潮因两晋政局动荡而不能继续下去，佛教却从此大盛起来。佛教初盛的时候是一个争斗时代，与中国本土传统斗。其后则是归依的时代，一般人遗忘了本土固有的哲学而皈依于佛教。佛教最盛时代在唐，在这时代中产生了几个中国佛教大思想家，他们根据佛教经典有所创发，他们的思想不是与中国古代思想成一系的，而是与印度思想成一系，却又不免带中国人气味。

佛教思想在根本上是与老庄相近的，是消极的、主静的，同是对中国固有的刚健宏毅的思想之反。

八、〔再度的合〕 佛教思想输入后，经历了许多年，中国人乃能消化之，重新建立新的哲学。这即新儒家，或道学、理学。新儒家的前驱是韩愈、李翱，正式成立的人是周敦颐、张载、程颢、程颐。新儒家攻击释道二氏，实际吸收了释道二氏思想成分很多，乃是一合。新儒家部分地恢复了古代儒家的积极有为的精神，融汇了道家及佛教的主静无欲的思想，其人生态度是入世的，而最注重个人的修养，个人生活的圆满，主静而排斥动。

北宋诸子中，以张载气象最较刚健。张氏兼综了孔子的仁、墨子的兼爱，及庄子万物一体的思想，“民吾同胞，物吾与也”。“立必俱立，知必周知，爱必兼爱，成不独成”。“大其心则能体天下之物”。张子比较注重动。他很有些墨家的气概。

周敦颐“主静以立人极”，程颢说仁，只以与万物为一体内外合一言之。程颐以居敬穷理为主旨。

到南宋时，新儒家遂分裂为两派，朱熹主居敬穷理，注重钻研经史，严分天理人欲。陆九渊只讲“先立乎其大”，要静中涵养。程朱所谓敬，本有常常自觉的意思，提撕警醒，毋怠毋忘。但他的哲学终不免太拘束，使人不活泼，失刚健之气。陆氏所讲，是达到神志清明的神秘生活的捷径，而离国计民生之学益远。

陆学至明代的王守仁而大成。王氏讲致良知，纯是唯心的个人修养术。其行知合一及事上磨炼之说，颇有动的气息，然究竟是心学。

古代儒家是最注重国家社会的，后来的新儒家所注重的却是个人修养方法。

九、〔又一反〕 到清初，又起了反动。即颜李学。颜元觉得宋明道学所含老、释成分太重，太欠刚健，要完全恢复古代儒家的主动重实思想；道家佛教的消极思想，要一概予以否弃。颜李学是对于老庄及汉以后的一切思想之反。颜李重现实、功利、动；反对静，更反对专注意于内心的修养。

颜李学因社会政治的关系未得稍盛，衍其绪者只有戴震，戴氏亦反静敬，却不及颜李那样讲实用。戴氏恢复了古代儒家的节欲论，否认宋明的禁欲说。

清末又有今文学派之起，除其荒谬的话外，今文学派是有积极精神的，讲改造，讲大同。

自古代至清末的中国思想之环，是从儒家起，经几许反动，又一半地回到儒家，最后又整个地回到儒家。

十、〔二次外来的反〕 这时世界大通了，西洋思想也随着西洋的武力与资本力量，侵入了中国。

这次外来的思想，其力远比佛教为大，实有整个地扫荡了中国传统的趋势。

强有力的西洋思想打破了中国许多的束缚人、阻碍进步的旧传统，一部分人得到了一种解放。

十一、〔未来的新合〕 不久必有新的合到来。

这个合当是个创造性的合，必非只是调和。

西洋思想之输入，当是对于中国的思想力复活之刺激。中国的创造思想无疑地要复活。

这第二次外来思想正与第一次外来思想恰相反，佛教的输入使中国思想走上柔静的路子，这西洋思想之输入，必将使中国走到刚动的路上去。

中国的宏毅刚健的精神必藉此而恢复起来。

很奇怪地，佛教未来之前，先有道家思想为之内应，同是对于儒墨的积极思想之反；今西洋思想未来之前，又先有颜习斋、戴东原为之内应，同为对于宋明思想的反动。

中国思想之发展，简括论之，也可说只三大段，原始是宏毅、刚动的思想，其次是柔静的思想，最后否定之否定，又必是宏毅、刚动的思想。

但这合亦必是一广大的合，印度思想的精英必容纳在内，而理学的优长必保持不失，且加以推展。

中国民族现值生死存亡之机，应付此种危难，必要有一种勇猛安毅能应付危机的哲学。此哲学必不是西洋哲学之追随摹仿，而是中国固有的刚毅宏大的积极思想之复活，然又必不采新孔学或新墨学的形态，而是一种新的创造。

中国若不能创造出一种新哲学，则民族再兴只是空谈。哲学上若还不能独立，别的独立更谈不到。

中国要再度发挥其宏大、刚毅的创造力量。

简评中国哲学史上关于人的价值的学说

中国古代哲学中，有“人贵于物”的思想。所谓人贵于物，即是说人类有高于一般动物的价值。古代所谓“贵”，即是今天所谓“价值”。肯定人贵于物，即是肯定人的价值。

所谓的人价值，含有两层意义：一是指人类的价值，二是指个人的价值，这两层意义是既有联系又有区别的。肯定人类的价值，必然也要肯定每一个人的价值；肯定个人的价值，更必须承认人类作为一个物类的价值。但是，普通所谓个人价值，又含有另一意义，即是，针对社会国家的整体而言，个人有一定的价值。这种观念是和个性解放、个人自由等观念密切联系的。这种观念是近代资产阶级的思想，在古代哲学中虽然也有这种思想的萌芽，但是还没有明确地提出来。

中国古代所谓人贵于物，主要是讲人类的价值，其中包括一般人的价值。关于人的价值的问题又包括两个问题：一是“人有没有价值?”二是“人怎样生活才有价值?”本文专门评述中国古代关于“人有没有价值”问题的学说。

在中国古代，多数思想家都肯定人在“天地之间”有重要的意义，人与一般动物相比有高贵的价值。这所谓人的价值，一方面是对“天”而言，或对“神”而言；一方面是对“物”即对别的动物而言。在中国传统文化中，宗教意识比较淡薄，对于神的信仰在中国哲学中不占重要地位，无神论者更否认神的存在。多数思想家都以人的问题作为理论研究的中心问题，而不重视关于神的问题。多数思想家认为，人高出于一般动物之上，在自然界中有重要的作用。

试从孔子谈起。孔子区别了人与鸟兽，他尝说：“鸟兽不可与同群，吾非斯人之徒与而谁与？”（《论语·微子》，《集解》云：“吾自当与此天下人同群，安能去人从鸟兽居乎？”）他把人与鸟兽对置起来，人只能与人合群，设法改善人群的生活。《论语》记载：“厩焚，子退朝，曰：伤人乎？不问马。”（《乡党》，郑玄注云：“重人贱畜。”）把人与鸟兽区别开来，这是孔子的一贯态度。

人与鸟兽的区别何在？孔子以为，人是有独立意志的，他说：“三军可夺帅也，匹夫不可夺志也。”（《子罕》）匹夫即普通平民。孔子肯定一般的平民具有独立的意志。

孔子很少谈论鬼神。《论语》云：“子不语怪、力、乱神。”（《述而》）又云：“樊迟问知，子曰：务民之义，敬鬼神而远之，可谓知矣。”（《雍也》）在孔子看来，人民生活问题比神的问题更为重要。

孔子哲学的核心观念是仁。仁的观念在春秋前期即已流行，孔子加以提炼、加以宣扬，把仁作为道德的最高原则。孔子所谓仁的主要意义是“爱人”。《论语》云：“樊迟问仁，子曰：爱人。”（《颜渊》）爱人亦即爱众，孔子提倡“泛爱众”（《学而》）。仁以“人”

或“众”为对象，包括爱亲，而不仅是爱亲。有若说：“君子务本，本立而道生，孝弟也者其为仁之本与？”（《学而》）孝悌是仁的起点，仁包括孝悌，但不仅是孝悌。仁是爱人，君对于民应实行仁德。孔子说：“民之于仁也，甚于水火。水火，吾见蹈而死者矣，未见蹈仁而死者也。”（《卫灵公》）水火是人民所需要的，仁也是人民所需要的。孔子“贵仁”（《吕氏春秋·不二》），其中包含对于人的重视。（在孔子学说中，人是泛称，民是人的一部分。）

孔子区别了人与鸟兽，肯定一般人都有独立意志；但他又区别了君子和小人。尝说：“君子学道则爱人，小人学道则易使也。”（《阳货》）为统治者服务是小人的本分，孔子是维护等级制度的，孔子是在拥护等级制的前提下肯定人的一定价值的。

《孝经》叙述孔子与曾参的问答，引孔子云：“天地之性人为贵。”天地之间的生命，人是最贵的。这句话未必是孔子原话，但对于汉代以后的思想影响很大，这可以说是儒家的一贯的观点。

孟子继承孔子，也强调人与鸟兽的区别，他诘问告子“生之谓性”之说云：“然则犬之性犹牛之性，牛之性犹人之性与？”（《孟子·告子》）在孟子看来，人之性是与牛之性、犬之性不同的。他认为，人与人是同类，人之性是人类的共同本性：“故凡同类者，举相似也，何独至于人而疑之？圣人与我同类者。”（同上）这人类与其他动物不同之特点何在？孟子以为，这个特点就是承认“理义”，也就是有道德意识。他说：“口之于味也，有同嗜焉；耳之于声也，有同听焉；目之于色也，有同美焉；至于心，独无所同然乎？心之所同然者何也？谓理也、义也。圣人先得我心之所同然耳。”（同上）

所谓理义即是道德原则，孟子以为，这是一切人所共同肯定（同然）的，肯定理义是人类与其他动物不同的特点。

人何以能肯定理义呢？孟子以为这靠思维的作用，他说："耳目之官不思而蔽于物，物交物则引之而已矣。心之官则思，思则得之，不思则不得也。"（同上）理义是思之所得，是通过思维作用而得到的。耳目是人与鸟兽同有的，心的思维作用则是人所独有的。

孟子以为，人能思，则能认识自己固有的价值。他说："欲贵者，人之同心也。人人有贵于己者，弗思耳。人之所贵者，非良贵也；赵孟之所贵，赵孟能贱之。"（同上，赵注云："人人自有贵者在己身，不思之耳。赵孟，晋卿之贵者，能贵人，能贱人。人之所自有者，他人不能贱之也。"）"人之所贵"指权势者给予的爵位，是可以剥夺的。"人人有贵于己者"，是"良贵"，这是人所自有的价值。孟子宣称"人人有贵于己者"，他明确肯定人的价值。

孟子肯定人有与其他动物不同的特点，又认为这特点不易保持。他说："人之所以异于禽兽者几希，庶民去之，君子存之。"（《离娄》下）于是强调君子与野人的区别，他说："无君子莫治野人，无野人莫养君子。"（《滕文公》上）"或劳心，或劳力。劳心者治人，劳力者治于人。治于人者食人；治人者食于人。天下之通义也。"（同上）这样，孟子一方面肯定人与人是同类的，一方面又把人区分为"劳心"与"劳力"两大部分，借分工的必要来论证剥削的合理。

孟子虽然为阶级剥削辩护，但究竟肯定人有高于禽兽的价值，他指斥当时的统治者说："庖有肥肉，厩有肥马，民有饥色，野有饿莩，此率兽而食人也。……仲尼曰：始作俑者，其无后乎！为其象人而用之也。如之何其使斯民饥而死也！”（《梁惠王》上）孔丘孟轲反对用“象人”的俑殉葬，当然更反对生殉，反对虐杀人民，这都表现了对人的重视。

孟子更提出“民为贵，社稷次之，君为轻”（《尽心》下）的名言，肯定人民是贵重的，这是他的民本主义思想，孟子的民本思想和他肯定人有高于禽兽的价值的观点是一致的。民本不同于民主，但也是进步思想。

荀子明确地肯定了人的价值，他说：“水火有气而无生，草木有生而无知，禽兽有知而无义，人有气有生有知，亦且有义，故最为天下贵也。”（《荀子·王制》）人是最贵的，因为人有义，即有道德规范。

孟子讲“人之所以异于禽兽者”，荀子讲“人之所以为人者”。他说：“人之所以为人者何以也？曰，以其有辨也。……夫禽兽有父子而无父子之亲，有牝牡而无男女之别，故人道莫不有辨，辨莫大于分，分莫大于礼。”（《非相》）他认为人之所以为人的特点在于有辨，辨即是分别。荀子以为“分”与“义”有密切联系。他说：“力不若牛，走不若马，而牛马为用，何也？曰：人能群，彼不能群也。人何以能群？曰分；分何以能行？曰义。”（《王制》）所谓义，就是分别的标准。人所以能胜物，在于能群，而所以能群，在于有义。

荀子强调分，于是认为等级制度是绝对必要的，他说：“分均则不遍，势齐则不一，众齐则不使，有天有地而上下有差，明王始立而处国有制。夫两贵之不能相事，两贱之不能相使，是天数也。势位齐而欲恶同，物不能赡，则必争，争则必乱，乱则穷矣，先王恶其乱也，故制礼义以分之，使有贫富贵贱之等。”（《王制》）在生活必需品数量不足的条件之下，惟有划分等级，才能免于祸乱。荀子这样为等级制度进行辩护。他认为“劳力”的小人应受君子的统治，他说：“君子以德，小人以力，力者德之役也。”（《富国》）这种观点和孟子一致。

荀子肯定人“最为天下贵”，又强调“贫富贵贱之等”是必需的。关于这两点，他都讲得非常明确。这两点在荀子的思想体系中并无矛盾。

孟子讲“性善”，荀子讲“性恶”，正相反对。孟子强调“人之所以异于禽兽者”，荀子肯定“人之所以为人者”，则基本一致。孟子以为“人之所以异于禽兽者”在于懂得“理义”；荀子以为“人之所以为人者”在于“有义”。孟子以为，人懂得“理义”是出于天性；荀子以为，人“有义”是由于学习。两家都认为人类所以有高于一般动物的价值在于道德意识，这是儒家的基本观点。

墨家虽然不多谈“人贵于物”的问题，但墨家讲人类与其他动物不同的特点，却更为精切。墨子说：“今人固与禽兽、麋鹿、蜚鸟、贞虫异者也。今之禽兽、麋鹿、蜚鸟、贞虫，因其羽毛以为衣裘，因其蹄爪以为绔屦，因其水草以为饮食，故虽使雄不耕稼树艺，雌亦不纺绩织纴，衣服之财固已具矣。今人与此异者也，赖其力者生，不赖其力者不生。君子不强听治，即刑政乱；贱人不强从事，即财用不足。”（《墨子·非乐上》）人与其他动物不同的特点是“赖其力者生，不赖其力者不生”，即必须努力劳动才能维持生活。所谓“力”含有劳动之义。墨家初步认识到劳动是人类的特点。墨家所谓力也包含“听治”之类的政治活动。

《墨经》论仁云：“仁，体爱也。”（《经上》）《经说》解释说：“仁，爱己者非为用己也，不若爱马者。”“体爱”即设身处地之爱，亦即爱人如爱己。爱己不是为了用己，爱人也不是为了用人，与爱马不同。墨家区别了爱人和爱马，即强调不能把人当作马看待。

道家老子承认人类在世界中的位置，以人为“域中四大”之一。《老子》说：“故道大，天大，地大，人亦大。域中有四大，而人居其一焉。（人字一本作王，非是。从下文看，作人字是。）人法地，地法天，天法道，道法自然。”（二十五章）道是最根本的，其次是天地，人的位置仅次于天地。《老子》关于人生价值问题，未加详论。

庄子不同意儒家“人贵于物”的观点，《庄子·秋水篇》说：“以道观之，物无贵贱；以物观之，自贵而相贱。以俗观之，贵贱不在己。”庄子讲“齐物”，所以不承认贵贱的区别。庄子虽然反对区分贵贱，却主张追求个人的精神自由，他所想象的“神人”是“物莫之伤，大浸稽天而不溺，大旱金石流土山焦而不热”（《逍遥游》）。在先秦思想家中，强调个人自由的，以庄子为最，但他不是从个人价值的观点来讲的。

在先秦时代，儒家墨家都承认人与禽兽的区别，强调不应把人和牛马同等看待。法家则和儒墨不同，不重视人的价值。《管子》书有云：“治人如治水潦，养人如养六畜，用人如用草木。”（《七法》）

把人民和六畜同等看待。《管子》书兼重“礼”“法”，犹且如此，至于商鞅、韩非，更是把人民完全看作为君主服役的工具了。

汉代董仲舒有关于人的价值的较详论述，他说：“人受命于天，固超然异于群生，入有父子兄弟之亲，出有君臣上下之谊，会聚相遇，则有耆老长幼之施，灿然有文以相接，欢然有恩以相爱，此人之所以贵也。生五谷以食之，桑麻以衣之，六畜以养之，服牛乘马，圈豹槛虎，是其得天之灵，贵于物也。故孔子曰：天地之性人为贵。明于天性，知自贵于物。”（《举贤良对策》）人所以贵于万物，在于有伦理道德。人能役使别的动物，是超然异于群生的。

董仲舒肯定人是贵于一般动物的，但是他又宣扬君权和神权。“屈民而伸君，屈君而伸天”（《春秋繁露·玉杯》），他尽力维持封建等级制度。虽然如此，他还是以为不应当把人民看作牛马，慨叹“贫民常衣牛马之衣而食犬彘之食”，主张“去奴婢、除专杀之威”（《汉书·食货志》引）。他极力反对买卖奴婢、随意杀害奴婢的恶劣行为，继承了先秦儒家的传统。

扬雄批评法家云：“申韩之术，不仁之至矣，若何牛羊之用人也！”（《法言·问道》）扬雄要求把人当作人看待，反对把人民看作牛羊。

汉魏以来，佛教宣扬“轮回”之说，认为人死以后，灵魂不灭，可能转生为别的动物。南北朝时，何承天根据“天地之性人为贵”的观点，批判了佛教的轮回迷信。何承天说：“夫两仪既立，帝王参之，宇中莫尊焉。……人非天地不生，天地非人不灵。……安得与夫飞沈蠉蠕并为众生哉？……至于生必有死，形毙神散，犹春荣秋落，四时代换，奚有于更受形哉？”（《达生论》）佛教把人和鸟兽鱼虫并称为“众生”，何承天则认为不应把人与别的动物同等看待。而且生必有死，形神俱灭，哪里会有来世来生呢？何承天是天文学家、无神论者，他肯定了人与别的动物的不同。

宋代理学家亦都肯定人有高于禽兽的价值，试以周敦颐、邵雍为例。周敦颐说：“二气交感，化生万物，万物生生，而变化无穷焉，惟人也得其秀而最灵。”（《太极图说》）人是万物之中最灵的，在天地之间居于优越的地位。邵雍以数字来表示人的优异。他说：“人之所以能灵于万物者，谓其目能收万物之色，耳能收万物之声，鼻能收万物之气，口能收万物之味。……有一物之物，有十物之物，有百物之物，有千物之物，有万物之物，宿亿物之物，有兆物之物。生一一之物，当兆物之物，岂非人乎？有一人之人，有十人之人，有百人之人，有千人之人，有万人之人，有亿人之人，有兆人之人。生一一之人，当兆人之人者，岂非圣乎？是知人也者，物之至者也；圣也者，人之至者也。”（《皇极经世·观物内篇》）一人的价值与一兆物的价值相等，所以人可以称为“物之至”。他在肯定人的价值的同时，又肯定圣人有超出一般人更高的价值。物可分为不同等级的物，人也可以分为不同等级的人。邵雍又说：“唯人兼乎万物，而为万物之灵。如禽兽之声，以其类而各能得其一，无所不能者人也。推之他事亦莫不然，唯人得天地日月交之用，他类则不能也。人之生，真可得之贵矣。天地与其贵，而不自贵，是悖天地之理，不祥莫大焉。”（同上书《观物外篇》）人类之中虽可划分等级，但人类比于禽兽，确有高贵的价值。

南宋朱熹尝论物类的不同说："天之生物，有血气知觉者，人兽是也；有无血气知觉而但有生气者，草木是也；有生气已绝而但有形质臭味者，枯槁是也。是虽其分之殊，而其理则未尝不同；但以其分之殊，则其理之在是者不能不异。故人为最灵，而备有五常之性，禽兽则昏而不能备，草木枯槁则又并与其知觉者而亡焉。"(《文集》卷五十九《答余方叔》)草木仅有生气，禽兽有血气知觉，人不但有血气知觉，而且具备五常之性，所以是最灵的。朱熹又从理气与人物的关系论人与物的不同说："天道流行，发育万物，其所以为造化者，阴阳五行而已。而所谓阴阳五行者，又必有是理，而后有是气，及其生物，则又必因是气之聚而后有是形。然以其理而言之，则万物一原，固无人物贵贱之殊；以其气而言之，则得其正且通者为人，得其偏且塞者为物，是以或贵或贱而不能齐也。彼贱而为物者，既梏于形气之偏塞而无以充其本体之全矣；唯人之生，乃得其气之正且通者，而其性为最贵，故其方寸之间，虚灵洞彻，万理咸备，盖其所以异于禽兽者，正在于此。……然其通也，或不能无清浊之异；其正也，或不能无善恶之殊。故其所赋之质，清者智而浊者愚；美者贤而恶者不肖，又有不能同者。"(《大学或问》)人得"正且通"之气，故贵；物得"偏且塞"之气，故贱。人所得之气，又有清浊美恶之分，所以人又有智愚贤不肖之别。朱熹试从气的正偏通塞论证人物的差别，又从气的清浊美恶论证人的贤不肖智愚的差别。朱熹的这些议论，貌似细密，实则缺乏事实的根据，所谓"正""通""偏""塞""清浊""美恶"云云，含义都不够明确。

朱熹从气的清浊来论证人的等级差别，又说："气有清浊，则人得其清者，禽兽则得其浊者。人大体本清，故异于禽兽，亦有浊者，则去禽兽不远矣。"（《语类》卷四）又说："禀得精英之气，便为圣为贤，便是得理之全，得理之正。禀得清明者便英爽，禀得敦厚者便温和，禀得清高者便贵，禀得丰厚者便富，禀得久长者便寿，禀得衰颓薄浊者便为愚不肖、为贫为贱为夭。天有那气，生一个人出来，便有许多物随他来。"（同上）这样，他把贤愚、富贵、贫贱都归结到"气禀"的不同，这样，这种学说为阶级压迫辩护的反动性便完全暴露出来了。

朱熹的学说，虽然承认人为万物之灵，但又断言人与人之间贵贱、贫富、贤不肖的差别是必然的、当然的，实际上没有真正肯定劳动人民的生存价值。南宋以后，朱学成为统治思想。随着封建制度的日趋没落，朱学便成为钳制人心的反动思想了。

清代戴震总结了汉宋哲学思想，亦肯定人的价值。戴氏说："卉木之生，接时芒达已矣，飞走蠕动之俦，有觉以怀其生矣；人之神明出于心，纯懿中正，其明德与天地合矣。……是故人也者，天地至盛之征也，惟圣人然后尽其盛。"（《原善》卷中）人有智慧，有道德，是天地之间最高等的生物。戴震又说："人之才得天地之全能，通天地之全德。……智足以知飞走蠕动之性，以驯以豢；知卉木之性，良农以莳刈，良医以处方。圣人神明其德，是故治天下之民。"（同上）这里，不仅肯定了圣人的价值，而且也肯定了良农、良医的价值。戴震是比较同情人民的。他肯定了人的价值，从而肯定了人民的基本欲望的正当性，他说："凡出于欲，无非以生以养之事。欲之失为私，不为蔽。……《诗》曰：民之质矣，日用饮食。《记》曰：饮食男女，人之大欲存焉。圣人治天下，体民之情，遂民之欲，而王道备。”（《孟子字义疏征》上）戴氏以“体民之情，遂民之欲”为最高理想，这种伦理学说具有启蒙的性质。

在封建时代，阶级压迫是极其残酷的，劳动人民实际上受着非人的待遇，统治阶级并不尊重劳动人民的人格。进步思想家重视人的价值的言论，只是微弱的呼声。只有劳动人民起来进行反抗，砸碎钳制人民的枷锁，才能推动社会的进步。虽然如此，进步思想家关于人的价值的学说还是有一定意义的。

总起来说，中国古代，多数思想家都肯定人有高于一般动物的价值，认为不能把人与牛羊犬马等同看待。他们要求把人当人看待，即看作自己的同类。这种思想在历史上具有一定的意义。多数思想家又认为人与人之间存在着贵贱贫富的等级差别，不承认劳动人民有与统治阶级同等的价值，这表现了封建地主阶级的偏见，这是他们的历史局限性。

中国古代“天地之性人为贵”的思想，虽然没有否定等级制度，没有达到民主主义思想，却是民主思想的必要前提。如果认为可以把人和牛羊犬马同等看待，那民主也就无从谈起了。

有一种意见，认为人的价值的思想与等级制度是不相容的，封建时代的思想家既然维护封建等级制度，就不可能是肯定人的价值的；只有到了近代，资产阶级思想家反对等级制度，才有可能提出人的价值的观点。我们认为，这种见解是不全面的。中国封建时代，多数思想家，虽然维护等级制度，却也肯定人有高于一般动物的价值，因而反对暴政，反对虐杀人民，这还是历史的事实。资产阶级所宣扬的人的价值，主要是指那与个人自由、个性解放密切联系的个人价值而言。实际上，资产阶级思想家虽然反对等级制度，却极力维护阶级差别，也何尝是真正重视人的价值？他们所重视的是资产阶级的个人价值，何尝重视劳动人民的个人价值？只有到了社会主义社会，消灭人剥削人的制度，才可能真正充分地肯定人的价值。而在社会主义社会中，如果不能抵制陈旧思想意识的腐蚀，也会出现贬低人的价值的现象。这也是值得警惕的。应该承认，关于人的价值的思想，在历史上有一个发展的过程。古代的思想正是近代思想的一个来源。

论中国传统哲学中“人” 的观念

我们现在正在努力实行现代化建设。现代化的关键是人的现代化。人的现代化首先应是“人”的观念的现代化。实现“人”的观念的现代化，需要对于传统思想中的“人”的观念进行反思。中国传统哲学中有没有“人”的观念呢？如有，传统哲学中“人”的观念的内容如何呢？这些都是首先要研究的问题。

多年以来，很多人都认为，中国古典哲学以“人”为中心问题。既然以“人”为研究的中心问题，应该是具有“人”的观念的。中国古代哲学中的“人”的观念，与西方近代哲学中的“人”的观念，必有显著的不同，这也是理所当然的。问题是，中国古代的“人”的观念与西方近代的“人”的观念究竟有如何的区别呢？

这里尝试举出中国古典哲学中一些比较重要的关于人的命题，藉以揭示中国古典哲学中“人”的观念的基本含义。主要举出六个命题：（1）人者天地之心；（2）人之所以为人者何以也；（3）三军可夺帅也，匹夫不可夺志也；（4）人莫不自为；（5）天地之性人为贵；（6）圣人人伦之至也。

一、"人者天地之心"——人是有思维能力的

《礼记·礼运篇》云；"故人者天地之心也，五行之端也，食味、别声、被色而生者也。"孔颖达《礼记正义》："天地高远在上，临下四方，人居其中央，动静应天地，天地有人，如人腹内有心，动静应人也。故云天地之心也。王肃云：人于天地之间，如五藏之有心矣，人乃生之最灵，其心五藏之最圣也。"按"人者天地之心"意谓人是天地之间有智慧能思维的生物，可以说是天地的思维器官。伪《古文尚书》的《泰誓篇》云："惟天地万物父母，唯人万物之灵。"周敦颐《太极图说》云："二气交感，化生万物，万物生生而变化无穷焉，惟人也得其秀而最灵。""惟人万物之灵"，"惟人最灵"，都是表示人是万物之中最有智慧的。王阳明《传习录》记王守仁与弟子的问答云："先生曰：尔看这个天地中间，甚么是天地的心？对曰：尝闻人是天地的心。曰：人又甚么叫做心？对曰：只是一个灵明。"（卷下）所谓"灵明"即是较高的认识能力。

张载自述学术宗旨说："为天地立心，为生民立道。"意谓天地本来无心，人有心而对于天地有所认识。人是天地所产生的，人对于天地的认识可以说就是天地的自我认识，可以说是"为天地立心"。张载此说可谓《礼运》"人者天地之心"的命题的进一步的发展。

二、“人之所以为人者何以也”——人与一般动物的区别

孔子曾经区别了人与鸟兽，他听到隐者长沮、桀溺的议论之后说：“鸟兽不可与同群，吾非斯人之徒与而谁与？”（《论语·微子》）孟子提出“人之所以异于禽兽者”的观念（《孟子·离娄下》），荀子提出“人之所以为人者何以也”的问题。荀子说：“人之所以为人者何已也？（杨倞注：已与以同。）曰：以其有辨也。饥而欲食，寒而欲煖，劳而欲息，好利而恶害，是人之所生而有也，是无待而然者也，是禹桀之所同也。然则人之所以为人者，非特以二足而无毛也，以其有辨也。”（《荀子·非相》）所谓“有辨”即能区分是非善恶。《礼记·冠义》云：“凡人之所以为人者礼义也。礼义之始，在于正容体、齐颜色、顺辞令。容体正、颜色齐、辞令顺，而后礼义备。”认为“人之所以为人”的特点是“礼义”，这是儒家的观点。

墨家与儒家不同，强调人的特点在于靠劳力来维持生活。《墨子·非乐篇》说：“今人固与禽兽麋鹿蜚鸟贞虫异者也。今之禽兽麋鹿蜚鸟贞虫，因其水草以为饮食，故虽使雄不耕稼树艺，雌亦不纺绩织纴，衣食之财固已具矣。今人与此异者也，赖其力者生，不赖其力者不生。”这就是说，人类必须从事“耕稼树艺，纺绩织纴”等劳动，然后才能取得“衣食之财”。墨家的这一观点具有深刻的意义。

提出“人之所以异于禽兽者”“人之所以为人者”的问题，即

是追求对于“人的本质”的自觉。不论思想家们所提供的答案的内容如何，提出这一问题而且做出一定的回答，这一事实的本身即标志着中国古代的思想家已经对于“人的本质”进行了哲学的思考。这是具有重要理论意义的。

儒家肯定人与禽兽的不同，于是强调人与人的同类关系。孟子说：“故凡同类者举相似也，何独至于人而疑之？圣人与我同类者。”（《孟子·告子上》）一般人与圣人属于同类。但儒家又认为，同类的人之中却有贵贱的区分。孟子说：“有大人之事，有小人之事。……或劳心，或劳力；劳心者治人，劳力者治于人；治于人者食人，治人者食于人。天下之通义也。”（同书《滕文公上》）儒家一方面承认人与人的同类关系，一方面又强调劳心劳力的等级区分，表现了地主阶级的偏见。但承认“大人”和“小人”都是人，也还有重要意义。

儒家承认人与禽兽不同，因而认为对待人的态度与对待牛马的态度应有所不同。《论语》记载：“厩焚，子退朝，曰：伤人乎？不问马。”（《乡党》）郑玄注：“重人贱畜。”在这一问题上，儒家与法家的态度不同。《管子·七法篇》云：“治人如治水潦，养人如养六畜，用人如用草木。”这就是把人与牛马草木同等看待。法家者流都把人民看作工具。扬雄批评法家说：“申韩之术，不仁之至矣！若何牛羊之用人也！”（《法言·问道》）扬雄反对把人民当作牛羊，这是儒家的态度。

三、“三军可夺帅也，匹夫不可夺志也”——人的独立意志

孔子有两句名言：“三军可夺帅也，匹夫不可夺志也。”（《论语·子罕》）匹夫即平民，平民具有不可夺的志，即具有独立的意志。孔子又称赞伯夷叔齐说：“不降其志，不辱其身，伯夷叔齐与！”(同书《微子》)不降其志即坚持自己的独立意志。荀子论意志自由云：“心者形之君也，而神明之主也，出令而无所受令，自禁也，自使也，自夺也，自取也，自行也，自止也。故口可劫而使墨云，形可劫而使屈申，心不可劫而使易意，是之则受，非之则辞。”（《荀子·解蔽》）荀子肯定意志的自由。（荀子所谓心，有时指认识作用，有时指意志，这里是指意志而言。）

一个人具有独立意志，即具有独立人格。中国古代，儒家、道家、墨家，都赞扬具有独立人格的人。《周易·蛊卦》：“上九，不事王侯，高尚其事。”《象传》：“不事王侯，志可则也。”不事王侯的人即坚持独立意志的人。《大过·象传》：“泽灭木大过，君子以独立不惧，遁世无闷。”又《恒卦·象传》：“雷风恒，君子以立不易方。”又《困卦·象传》：“泽无水困，君子以致命遂志。”《易传》所标举的这些生活原则充分显示出对于具有独立意志的高尚人格的赞扬。

《庄子·逍遥游》评述宋荣子云：“而宋荣子犹然笑之，且举世誉之而不加劝，举世非之而不加沮，定乎内外之分，辨乎荣辱之境，斯已矣。”宋荣子即宋钘，是战国时期一位独立思想家，他坚持自己

的见解，不顾别人的毁誉。庄子虽然认为宋子还未达到最高的境界，基本上还是加以赞扬的。

墨家强调“为义”，《墨子·耕柱篇》述墨子之言说：“且翟闻之，为义非避毁就誉。”墨子及其弟子“以绳墨自矫，而备世之急”，“日夜不休，以自苦为极”，表现了卓越的自我牺牲的精神，虽然“其行难为也”，体现了积极救世的崇高意志。

秦汉至明清的专制时代，人民的独立意志受到沉重的压抑，虽然如此，历代仍然存在着“特立独行”的人、不畏权势坚持“为民请命”的人。应该承认，在漫长的封建时代，存在着压迫与反压迫的复杂斗争，存在着压抑独立人格和坚持独立人格的斗争。

四、“人莫不自为也”——人的个人利益

先秦法家论人，强调人的“自为”，即谋求个人的利益。慎子说：“人莫不自为也。”（《慎子·因循》）韩非说：“夫买佣而播耕者，主人费家而美食、调布而求易钱者，非爱佣客也，曰如是，耕者且深、耨者熟耘也。佣客致力而疾耘耕者，尽巧而正畦陌者，非爱主人也，曰如是，羹且美，钱布且易也。此其养功力有父子之泽矣，而心调于用者，皆挟自为心也。”（《韩非子·外储说左上》）人人皆有“自为心”，即谋求个人的利益。“自为心”亦可以说是一种自我意识。法家强调了人谋求个人利益的自我意识。

儒家也承认人皆有求利之心，但儒家认为“人之所以异于禽兽”的特点不在于求利之心，而在于具有道德意识。孟子提出“人皆有

不忍人之心”的理论命题（《孟子·公孙丑上》）。“不忍人之心”即“恻隐之心”，亦即同情心。孟子区别了大体与小体，即身体的高级器官和低级器官。他说：“体有贵贱，有小大。无以小害大，无以贱害贵。……饮食之人，则人贱之矣，为其养小以失大也。”（同书《告子上》）又说：“从其大体为大人，从其小体为小人。……耳目之官不思而蔽于物，物交物则引之而已矣。心之官则思，思则得之，不思则不得也。”（同上）耳目之官是小体，心是大体。饮食之人只求耳目之官的满足，是没有价值的，人应该发挥心官的思维作用。

“自为心”是对于个人利益的意识，“不忍人之心”是对于别人利益的关怀。人的主体意识实际上包含这两个方面。

五、“天地之性人为贵”——人的价值

《孝经》记述孔子曰：“天地之性人为贵。”这句“性”字同于“生”字，刑昺《孝经正义》：“性，生也，言天地之所生唯人最贵也。”按《孝经》所述孔子与曾子的问答并不是历史事实，所述“天地之性人为贵”亦系依托之词。但是认为天地之生人为贵，确是儒家的一贯观点。讲人之所以为贵最明确的是荀子。荀子说：“水火有气而无生，草木有生而无知，禽兽有知而无义，人有气有生有知，亦且有义，故最为天下贵也。”（《荀子·王制》）人是有知觉的，而禽兽也可谓有知觉，有知觉还不是人的特点。人的特点是有义，所以是万物之中最有价值的。董仲舒论人贵于物云：“人受命于天，固超然异于群生，入有父子兄弟之亲，出有君臣上下之谊，会聚相遇，

则有耆老长幼之施，粲然有文以相接，欢然有恩以相爱，此人之所以贵也。生五谷以食之，桑麻以衣之，六畜以养之，服牛乘马、圈豹槛虎，是其得天之灵，贵于物也。故孔子曰：天地之性人为贵。”（《举贤良对策》三）董氏也是以人的道德意识来论证“人之所以贵”。

儒家虽然特别重视道德在人类生活中的意义，但也肯定人的生命的价值。孟子说：“生，亦我所欲也；义，亦我所欲也，二者不可得兼，舍生而取义者也。”（《孟子·告子上》）这里固然强调在生与义“二者不可得兼”的情况下应“舍生而取义”，但是首先肯定“生亦我所欲也”，在一般的情况之下，生与义二者还是“可得兼”的。董仲舒论养身与养心的关系说：“利以养其体，义以养其心。心不得义不能乐，体不得利不能安。义者心之养也，利者体之养也。体莫贵于心，故养莫重于义。”（《春秋繁露·身之养莫重于义》）这虽然肯定“养莫重于义”，但也承认“体不得利不能安”。“身之养”也是重要的，儒家肯定“人贵于物”，其主要含义是“人类”贵于其他物类，这其中也包含每一个“个人”贵于其他每一个“个物”的意义。这一方面肯定人类的价值，另一方面也承认个人的价值。但是儒家于人与人之间又区分了上下贵贱，所以实际上没有肯定劳动人民的个体价值。

六、“圣人人伦之至也”——人与人际关系

儒家强调“人伦”，孟子说：“人之有道也，饱食煖衣，逸居而

无教，则近于禽兽，圣人有忧之，使契为司徒，教以人伦：父子有亲，君臣有义，夫妇有别，长幼有序，朋友有信。”（《孟子·滕文公上》）人伦即人际关系，五伦即五种人际关系，其中包含一定的层次。父子是两代的关系，君臣是上下的关系，夫妇是两性的关系，长幼是年龄先后的关系，唯朋友是简单的人际关系。儒家认为人生最重要的事情是处理好人与人的关系，所以孟子说：“圣人，人伦之至也。欲为君，尽君道；欲为臣，尽臣道。”（同书《离娄上》）“人伦之至”就是尽人伦之道。父子、君臣、夫妇、长幼、朋友，各有应该遵循的准则。荀子说：“圣也者，尽伦者也。王也者，尽制者也。两尽者足以为天下极矣。”（《荀子·解蔽》）荀子把伦理与法制分为相互联系的两个方面，在这一点上较孟子为切合实际。

孟子强调人伦，但他更强调人的独立人格。他说：“生亦我所欲，所欲有甚于生者，故不为苟得也；死亦我所恶，所恶有甚于死者，故患有所不辟也。……非独贤者有是心也，人皆有之，贤者能勿丧耳。一箪食，一豆羹，得之则生，弗得则死。呼尔而与之，行道之人弗受；蹴尔而与之，乞人不屑也。”（《孟子·告子上》）“呼尔而与之”“蹴尔而与之”，即不尊重对方的人格，不把人当作人看待，这是普通人也不能接受的。“所欲有甚于生者”，即要求尊重个人的独立人格。孟子又说：“食而弗爱，豕交之也；爱而不敬，兽畜之也。恭敬者，币之未将者也。恭敬而无实，君子不可虚拘。”（同书《尽心上》）人与人之间，既应相爱，也应相敬。父子之间、君臣之间、夫妇之间、长幼之间、朋友之间，首先应该承认对方也是人，应该把人当作人看待。这是孟子的基本观点。在孟子的思想中，人伦与人格独立是彼此相容并无矛盾的。

道家不承认儒家所讲的“君臣之义”，杨朱提出“为我”。孟子说：“杨子取为我，拔一毛而利天下不为也。”(《尽心也》)所谓“拔一毛而利天下”，照韩非的记述，应是“不以天下大利易其胫一毛”之意（《韩非子·显学》)。“为我”即肯定自我。《吕氏春秋·不二》云：“阳生贵己。”“为我”“贵己”都是肯定个人的主体性，这是他的独特见解。可惜杨朱的详细理论失传了。

法家亦不重视人伦。韩非认为，父子之间、君臣之间，都是以计算之心相传的。韩非说：“且父母之于子也，产男则相贺，产女则杀之。此俱出父母之怀衽，然男子受贺，女子杀之者，虑其后便、计之长利也。故父母之于子也，犹用计算之心以相待也，而况无父子之泽乎！”(《韩非子·六反》)又说：“君以计畜臣，臣以计事君。君臣之交，计也。……君臣也者以计合者也。”（同书《饰邪》)又说：“且臣尽死力以与君市，君垂爵禄以与臣市，君臣之际非父子之亲也，计数之所出也。”(同书《难一》)父子之间、君臣之间，都存在着一定的利害关系，并不像儒家所宣扬的相爱相敬的关系。韩非之说反映了一部分事实，是儒家人伦学说的补充。

汉儒宣扬所谓三纲，即“君为臣纲，父为子纲，夫为妻纲”，强调了臣对于君、子对于父、妻对于夫的服从关系。三纲之说不见于先秦儒家的典籍。《韩非子·忠孝篇》有云：“臣事君，子事父，妻事夫，三者顺则天下治，三者逆则天下乱。”这可能是汉儒三纲之说的先导。三纲是与君主专制的政治制度相互配合的。三纲说的流行，严重压抑了人民的人格独立的主体意识，是套在人民头上的沉重

枷锁。

在君主专制制度的压迫之下，人民的主体意识受到严重的摧残。虽然如此，一部分知识分子，一部分自食其力的劳动者，仍然坚持争取人格独立的斗争。每一个朝代，都有“特立独行”的人，都有“以天下为己任”对不良势力进行坚决斗争的人。这些情况，官修的《二十四史》中也都有所记载。那些“以天下为己任”的士大夫，大都受过儒家的教育；那些“特立独行”的人，大都受过道家的影响。这也证明，儒家和道家的思想体系都包含有肯定的“人的尊严”“独立人格”以及“个性自由”的思想观点。道家哲学是消极思想，但其中含有对于君权的批判。儒家是承认君权的，但也不同意个人独裁。儒家虽然具有保守倾向，但也含有宣扬积极进取的思想。这些错综复杂的实际情况，都是应该注意的。

对于中国传统哲学中的人的观念，应该如何估计、如何评价呢？中国古典哲学以人的问题为研究的中心，当然具有“人”的观念。由于中国在历史上没有进入西方近代那样的资本主义时代，所以中国哲学中的“人”的观念与西方近代哲学中的“人”的观念有所不同，然而还是有比较明确的人的观念。儒家、墨家、道家、法家各自提出了彼此不同的关于人的见解。关于人的本质、人的意志自由、人的价值，以及人际关系，都进行过讨论和争辩。如果有人认为中国传统哲学中没有“人”的观念，那不是出于殖民地的民族自卑心理，就是由于对于历史事实的无知。我认为，中国古典哲学中确实有关于“人的尊严”“独立人格”等关于人的主体性的思想。虽然没有这些名词，但还是有类似的观点。但是，也应承认，儒家虽然重视“个人尊严”，但对于“个性自由”谈得很少；道家向往“个人自由”，但所追求的乃是虚幻的精神自由。近代西方所倡导的“个性自由”是中国传统哲学所缺乏的。西学东渐以来，西方的“个性自由”思想早已传入中国。中国人民的“人”的观念，近半个世纪以来，经历了曲折迂回的过程。我们现在的理论任务是，反思中国传统哲学的得失，吸取西方哲学的经验，建立符合时代要求的新的关于人的哲学。

试论中国传统哲学的思维方式

中国传统哲学表现了怎样的思维方式，其主要内容如何？这是一个复杂的问题。首先应说明所谓思维方式的意义。哲学家必须考虑哲学问题，必有一定的思想方法，有些哲学家对于思想方法作过一些论述；有些哲学家虽然对于思想方法论述不多，而实际上却在运用着一些思想方法。哲学家运用一些思想方法，往往形成一定的习惯，或自觉或不自觉地加以运用。统括自觉地或不自觉地运用的种种思想方法，谓之思维方式。所谓思维方式包括一些不自觉地经常运用的思维模式。先秦时代的“名辩之学”都是关于思维方法的论述。秦汉以后，“名辩之学”很少有人讲了，但是哲学家们也都具有一定的思维方法，表现了一定的思维方式。

传统哲学的思维方式就是传统哲学中多数哲学家所自觉地或不自觉地经常运用的思想方法以及思维模式。

一、中国传统哲学的辩证思维

中国古典哲学富于辩证思维，这是近年来哲学史家所公认的。

辩证法是一个翻译名词，本指在辩论过程中揭示对方矛盾的方法，引申指发现事物的内在矛盾的方法。如果采用中国古代的名词，可称之为“辨惑法”或“反衍法”。孔门论学，有所谓“辨惑”，《论语》记载：“子张问崇德、辨惑。子曰：……爱之欲其生，恶之欲其死。既欲其生，又欲其死，是惑也。”（《颜渊》）又：“樊迟从游于舞雩之下，曰敢问崇德、修慝、辨惑。子曰：善哉问！……一朝之忿，忘其身，以及其亲，非惑与？”（同上）所谓“惑”即是思想矛盾，所谓“辨惑”即是辨别人们的思想矛盾，这正符合西方所谓辩证法的含义。《庄子·秋水》云：“以道观之，何贵何贱，是谓反衍。”反衍即向反面转化，这也是辩证法的中心观念。现在辩证法一词已是约定俗成，难以改变了，用“辩证思维”来表示中国传统哲学的一些特点，还是比较恰当的。

中国传统哲学的辩证思维，主要包含两点，一是整体观点，或曰整体思维，二是对待观点，或曰对待思维。

1. 整体思维

中国传统哲学，不论儒家或道家，都强调整体观点。整体是一个近代的名词。在古代称之为“一体”或“统体”。所谓整体观点，就是认为世界（天体）是一个整体，人和物也都是一个整体，整体包含许多部分，各部分之间有密切的联系，因而构成一个整体，想了解各部分，必须了解整体。《易传》强调“观其会通”，即观察事物与事物之间的统一关系。惠施宣称：“泛爱万物，天地一体也。”（《庄子·天下篇》）即肯定天地万物是一个整体。庄子强调“生死存亡之为一体”，即承认由生而壮、而老、而死是一个自然的过程，死是不可避免的，不可贪生而怕死。中国医学的整体观点最显著，认为天地是一个整体，人存在于天地中间，与天地息息相通；人的身体也是一个整体，身体的各器官之间存在着不可分的密切联系。汉宋的儒家宣扬“天人合一”，其主要意义即肯定人与天地有不可分的密切联系，人与天地不存在着对抗的关系，而是具有一种相互依存的密切联系。人依靠自然界而生存，自然界亦有待于人的调整安排（即所谓“裁成”“辅相”）。“天人合一”并不否认天与人的区别，主要是肯定天与人虽有别而更具有统一关系，天是总体，人是天的总体中的最重要的部分。

2. 对待观点

在中国传统哲学中，对待观点比较显著。所谓对待观点，即认为任何事物都包含相互对立的两个方面；研究问题，就要注意所研究的对象的两个方面。同时认为所有对立的两方面都是相互依存、相互转化、相互包含的。这种对待观点起源较早。孔子提出“叩其两端”，他说：“吾有知乎哉？无知也。有鄙夫问于我者，空空如也，我叩其两端而竭焉。”（《论语·子罕》）叩其两端即考察问题的两个方面。老子强调对立面的相互依存与相互转化：“有无相生，难易相成，长短相较，高下相倾。”（二章）“故物或损之而益，或益之而损。”（四十二章）“祸兮福之所倚，福兮祸之所伏。”（五十八章）《周易大传》提出“一阴一阳之谓道”“刚柔相推而生变化”的精湛命题。所谓“一阴一阳”，即表示两个对立面的相互依存、相互转化。所谓“刚柔相推”，即表示两个对立面的相互推移，相互推移即相互吸引又相互排斥。《周易大传》认为对立面的相互推移是变化的根源。张载根据《周易大传》作了进一步的发挥，从而提出“两”与“一”的概念，两即对立，一即统一。他说：“两不立则一不可见，一不可见则两之用息。两体者，虚实也，动静也，聚散也，清浊也，其究一而已。”(《正蒙·太和》)又说：“感而后有通，不有两则无一。故圣人以刚柔立本，乾坤毁则无以见易。”（同上）张载强调了“两”（对立）与“一”（统一）的对立与统一，这是一项非常深刻的思想。二程亦讲对立的普遍性。程颢说：“天地万物之理，无独必有对。”（《河南程氏遗书》卷十一）又说：“万物莫不有对。”（同上）程颐说：“天地之间皆有对。”（同上书卷十五）又说：“物极必反，其理须如此。有生便有死，有始便有终。”（同上）按“物极必反”的观念起源甚早。《吕氏春秋·大乐》云：“天地车轮，终则复始，极则复反。”《鹖冠子·环流》云：“物极则反，命曰环流。”这些都是物极必反观念的表述。但明确提出“物极必反”四字成语的是程颐。后来，朱熹、王夫之亦都有关于对待观点的更进一步的发挥。

班固在《汉书·艺文志》中提出“相反相成”的观念。到近代，“相反相成”“物极必反”已经成为一般人的常识了。这是中国传统的辩证思维的具体表现。虽然如此，但是，大多数人、多数学者，在处理问题、考虑问题之时，仍多陷于片面思维，忽视事物现象的相反相成的复杂联系。应该承认，贯彻辩证思维远非容易。

二、中国传统哲学中的直觉方法

在中国传统哲学中，很多哲学家推崇直觉。直觉也是一个近代的名词，在古代称之为“玄览”或“体”（即“体认”“体会”之体）。老子云：“涤除玄览，能无疵乎？”（十章）又说：“不阚牖，见天道。”（四十七章）所谓“玄览”、所谓“见天道”，都是指对于天道的直觉。这直觉是超乎一般感觉经验。庄子不但要求超越感官经验，更要求超越理性思维，宣称“无思无虑始知道”。（《庄子·知北游》）忘耳目、超思维，这种境界，称为坐忘。“堕肢体，黜聪明，离形去知，同于大通，此谓坐忘。”（同书《大宗师》）惟有忘却自己，与最高的道（“大通”）合而为一，才能达到最高的认识。

张载讲“体物”，他说：“大其心则能体天下之物，……其视天下无一物非我。”（《正蒙·大心》）体物即消除了物我的对立，超越自我，以天地万物为我，这样来认识天下之物。朱熹解释所谓“体天下之物”的体字说，“此是置心在物中究见其理。”（《朱子语类》卷九十八）所谓“置心物中”正是近代所谓直觉之义。

张载讲“体物”，还承认天下之物是外在的，程颢则完全消除了物我的区别，他说：“尝喻以心知天，……只心便是天，尽之便知性，知性便知天。当处便认取，更不可外求。”（《河南程氏遗书》卷二上）程颢将直觉完全归结为内心的自我认识。

直觉在人的认识过程中的作用如何？这直到现在仍是一个值得深入讨论的问题。先秦的道家，宋明的理学家，以及佛教思想家，都推崇直觉。现代西方一些自然科学家也推崇直觉。事实上，直觉即是灵感。直觉是超越思维的，在一定程度上可以突破惯常思维的拘限，启发崭新的理解。我认为，人类认识的基础还是感觉经验与理性思维，在理性思维的发展过程中，有时需要与旧的思维模式完全不同的新观点，这时就需要直觉。直觉可以成为新的思维模式的起点。对于直觉的作用不应过分夸大。

三、分析方法在中国传统哲学中的地位

与“整体思维”和“直觉”相对立的思维方式是分析方法，亦曰分析思维。在中国传统哲学中，分析方法不甚发达，但亦非完全没有。中国传统哲学中的分析方法情况如何呢？

1. 中国传统哲学中的思与辨

孔子兼重学与思，宣称：“学而不思则罔，思而不学则殆”，肯定了思的必要。孟子提出“心之官则思”的命题，宣称“思则得之，不思则不得也”，虽然他所谓思主要指关于道德的思考，还是充分肯定了思的作用。《中庸》提出“博学之，审问之，慎思之，明辨之，笃行之”，强调思必须慎，辨必须明。所谓思辨即是分析的思维。《中庸》又说：“故君子尊德性而道问学，致广大而尽精微。”所谓“尽精微”即是进行微观的分析。孔孟重“思”，《中庸》更重“辨”，由此看来，儒家并不是排斥分析的。但儒家对于自然事物和辩论方法并不感兴趣；儒家所讲的思辨主要是关于人伦道德的思辨。

儒家之中比较讲究“名辩”之学的是荀子，但荀子更宣称：“无用之辩、不急之察，弃而不治；若夫君臣之义、父子之亲、夫妇之别，则日切磋而不舍也。”（《天论》）把对自然事物的研究都看作“无用之辩，不急之察”，表现了一种狭隘的态度。

墨家比较重视分析方法，《墨子》书中所保存的《墨经》《经说》显示出墨家的分析思维的光辉成就。名家对于分析思维也有贡献。惠施的“历物”十事，即表现了辩证思维，也表现了分析思维。公孙龙讲“离坚白”，所谓离即分别之意。但公孙龙的分析陷于“苛察缭绕”，更陷于诡辩，远不如《墨经》学说的精确。

宋明理学家中，朱熹比较重视分析，他曾讲学问之道云：“盖必析之有以极其精而不乱，然后合之有以尽其大而无余。”（《大学或问》）这就是兼重分析与综合，朱氏综合了周敦颐、邵雍、张载、程颢、程颐的学说，建立了一个内容繁富的宏大体系。后来全祖望称赞他“致广大而尽精微”，是有一定理由的。但朱氏一生主要致力于儒家经典的阐释，对于自然科学并无专门的研究，更没有注意形式逻辑的研究，总起来看，他的分析思维的水平不高。

2. 中国传统哲学思维方式的模糊性

由于中国传统哲学中分析方法不发达，于是表现了一定程度的模糊性。这模糊性主要表现于两点，第一，用词多歧义，没有明确界说；第二，立辞多独断，缺乏详细的论证。在古代哲学著作中，一个名词，一个概念，在同一个章节中，往往用来表示不同的含义，而不加以适当的解释。例如“体”字，本指身体、形体；后来用以表示实体，又用以表示永恒的本性。本来是表示最具体的，后又用来表示最抽象的。也用来表示深切的认识，如体会、体认。古代哲学家提出一个命题，往往不作详细的认证，不从理论上加以证明。例如程颐讲“道无天人之别”，天道与人道只是一个道。所谓人道的内容是仁义礼智，仁义礼智如何也是天道的内容呢？程颐不作详细的说明。朱熹对此作出较细的诠释，他认为天道是元亨利贞，元是生，亨是长，利是通，贞是成。植物由生而长，而花叶茂盛，而结成果实，这是自然变化的规律。他认为，仁即生，礼即长，义即遂，智即成。仁礼义智与元亨利贞相应，所以天道与人道是同一的。这说不上是论证，不过是牵强比附。以牵强比附代替论证，这也表现了模糊思维。

模糊思维是中国传统哲学思维方式的主要缺点。我们现在要改造传统的思维方式，首先要变革模糊思维。

四、传统思维方式中的具体思维模式

中国传统思维方式中有一些比较具体的思维模式。最值得注意的有二，一是阴阳五行模式，二是经学模式。

阴阳五行是中国古代长期以来最流行的观念。阴阳观念在西周时代就提出来了，到《周易大传》建立了关于阴阳的详细理论。五行观念是《尚书·洪范》提出来的，战国末年的邹衍建立了关于五行的详细学说。董仲舒以阴阳五行的观念来解释天地之间的一切现象，使阴阳五行成为一个思想模式。阴阳是两个基本层次，五行是五个类型。五行之间有相生相克的关系，藉以说明五个类型的相互关系。任何范围的事物都可分为五个类型，用相生相克来说明其间的相互关系。董仲舒用阴阳五行来说明自然现象与社会现象，表现为牵强附会。中国医学用阴阳五行来诊断治疗，却有一定的效果。

在哲学史上，王安石曾用五行来说明世界万象，王廷相在所著《慎言》中批判了“五行家谬论”。我们现在不应拘泥于五行模式了。

汉武帝采纳了董仲舒的建议，独尊儒术，罢黜百家，于是开始了“经学时代”。所谓经学，就是以解释经典为学问的主要任务，认为经典上所说的都是正确的，经典上未讲的都不必讲，以经典的是非为是非，以经典内容的范围为学术应当固守的范围。

汉武帝设置五经博士，尊崇《诗》《书》《易》《礼》《春秋》五经，其后《春秋》有三传，《礼》分为三礼，合为九经。再后加上《论语》《孟子》《孝经》《尔雅》，称为十三经。道家者流称《老子》为《道德经》，称《庄子》为《南华经》。佛教有从印度传译过来的《佛经》，佛教禅宗又将惠能的言行录称为《坛经》。儒、道、释三家各有经学，儒家的经学历汉唐宋明，居于统治地位。

汉儒讲“章句之学”，特重“师法”，学生要遵守老师的传授。宋儒讲“义理之学”，主张依个人的心得体会来解释古代经典，力求从“圣贤经传”中寻找立说的根据。

明清之际的进步思想家王夫之在理论思维上提出许多超越前代的见解，但他的主要著作题为《周易外传》《尚书引义》《诗广传》，以对于古代经典的推衍引申的方式来表达自己的思想，不敢脱离古代经典来从事独立的发挥。

戴震的著作题为《孟子字义疏证》，藉阐述孟子学说来表述自己的见解。这都表明，具有独到见解的思想家著书立说，仍然采取了“经学”的模式。

经学模式限制了思想自由的发展，束缚了创造性的思维，对于文化学术的发展起了严重的阻碍作用。在西方近代初期，打破了神学的束缚，才取得自由思想的蓬勃发展。在我们中国，必须消除经学模式的消极影响，才能获得学术的昌盛繁荣。

五、思维方式变革改进的正确方向

中国哲学与西方哲学、印度哲学，并称世界哲学的三大系统。到 15 世纪，西方转入近代，西方近代哲学与近代实验科学相携并进，超迈前古，中国落后了。我们现在的任务是积极进行改革，赶上西方的步伐。我们要努力创建适合于新时代的中国新文化。在创建中国新文化的过程中，必须致力于思维方式的变革更新。

是否要全盘否定中国传统哲学的思维方式呢？我认为，那是不可能的，也是不应该的。应该进行分析。传统哲学的思维方式包含正确的积极的内容，还应该加以发扬、提高。传统哲学的思维方式确实有严重的缺点、有很多显著的偏向，应该加以纠正，加以改变。

中国传统哲学的思维方式的优点在于辩证思维；中国传统哲学的思维方式的缺点是分析方法薄弱。中国古典哲学的辩证法与西方哲学的辩证法，亦有不同之处。中国比较强调对立的交参与和谐；

西方比较强调对立的斗争与转化。但是，肯定对立的统一还是共同的。我认为，唯物主义辩证法是必须肯定的，我们应该致力于传统哲学辩证思维的提高与改进，致力于辩证思维的进一步条理化。

中国传统哲学的思维方式的主要缺点是分析方法不足，这在先秦哲学即已显出了。西方古希腊哲学中，形式逻辑体系完整，哲学著作论证详密，在这些方面都表现了突出的优点。到了近代，分析的研究方法导致实验科学的突飞猛进。中国传统哲学中，亦非完全没有分析思维，但只是初步的、简略的。我们应该大力学习西方的分析方法，致力于分析思维的精密化。

一方面，致力于辩证思维的条理化，另一方面，致力于分析思维的精密化。我认为，这两者并不矛盾，而是相辅相成的。思维方式的改进，应是进一步实现辩证思维与分析思维的统一。

我们要打破经学的思维方式，发扬创造性的思维，改变“述而不作”的传统，努力于新的创造，但是，创新必须建立在人类已经取得的学术成就之上。如果忽视人类已经取得的学术成就，藐视一切，狂妄自大，自以为创新，可能不过是在重弹久已过去的陈词滥调罢了。

创新，应该采取严肃的态度。

中华民族是具有创造力的民族，但在两千年的封建专制主义的压迫之下，创造力逐渐萎缩了。中华人民共和国成立以后，“左”倾教条主义与极“左”思潮也斫伤了人们的创造精神。现在，在改革开放的方针指导之下，创造性思维必然会昂扬起来。

中国古典哲学的价值观

价值观的名称是近代才有的，而关于价值的思想学说，则不论中国与西方，都是古已有之。在中国，至少可上溯到孔子；在西方，至少可上溯到柏拉图。在先秦时代，孔子“仁者安仁”的价值观，与墨子以“国家人民之大利”为最高准绳的价值观，有重要的分歧。孟子“物之不齐，物之情也”的价值观与庄子“万物一齐”的价值观，更是相互对立的。到宋元明清时代，主要的哲学家莫不各有其关于价值标准的观点。应该承认，价值观是中国古典哲学的一个重要方面。一般中国哲学史著作中很少谈到价值观的问题，今试述其大要。

中国古典哲学指先秦至十九世纪中期 1840 年以前的哲学。西方古典哲学也指十九世纪四十年代以前的哲学。在年代上，彼此仿佛。但西方古典哲学包括西方近代资产阶级哲学，中国古典哲学则还不包括中国近代资产阶级思想，这却是一个重要的区别。

一般常讲的价值指经济价值或商品价值，但是在经济价值或商品价值之外，还有更根本的价值。人们经常谈论的基本价值是真、美、善。孔子说：“韶尽美矣，又尽善也”；“武尽美矣，未尽善也”

(《论语·八佾》)。老子说:“天下皆知美之为美，斯恶已；皆知善之为善，斯不善已。”（二章）足证孔、老都讲到美、善。真是比较后起的名词，现存先秦古籍中，真字作为一个重要名词，最早见于《庄子》。庄子说:“道恶乎而有真伪”(《齐物论》)，以真与伪对待。在《老子》书中，与真字相当的是信。《老子》云:“信言不美，美言不信。”（八十一章）与真字意义相同的还有诚，《易传》云:“修辞立其诚”(《文言》)，诚即真实之义。

价值是后起的名词，在古代，与现在所谓价值意义相当的是“贵”。贵字的本义指爵位崇高，后来引申而指性质优越的事物。孟子说:“欲贵者，人之同心也。人人有贵于己者，弗思耳。人之所贵者，非良贵也。赵孟之所贵，赵孟能贱之。”(《孟子·告子上》)赵孟之所贵，指爵位而言。人人有贵于己者，便是人所固有的价值了。

价值观的主要问题有二：一为价值的类型与层次的问题；二为价值的意义与标准的问题。价值不止一两个，可分为不同的类型，如真为认识的价值，善为行为的价值，美为艺术的价值等。一件事物对人有用，可以说具有功用价值。如果对人有用的即有价值，人本身也应该有一定的价值。价值虽有不同的类型，但又必有共同的本质，这即为价值的意义所在。价值更有基本的标准，符合一定标准才能称为价值。此标准何在？这是一个更根本的问题。

这些关于价值的问题都是非常抽象的问题。关于价值的学说是高度的抽象思维，但是我们不能因其高度抽象而否认其重要意义。关于价值的思维对于立身处世确实具有重要的意义。《庄子·秋水》的寓言中设问:“然则我何为乎，何不为乎？吾辞受趣舍，吾终奈何?”《秋水》篇虽然以“夫固将自化”否定了这个问题，其实这个问题是否定不了的。“辞受趣舍”就包含了价值的问题。人生有无价值?人生的价值何在?如何生活才有价值?这些是每一个要求自觉的人所不得不回答的问题。人生价值问题也就包含关于真美善的价值的问题。

试以时代先后略述春秋以来重要哲学家的价值观。

一、春秋时代的三不朽说

《左传》襄公二十四年记载：“穆叔如晋，范宣子逆之，问焉，曰：古人有言曰，死而不朽，何谓也?……穆叔曰……豹闻之，太上有立德，其次有立功，其次有立言。虽久不废，此之谓不朽。”穆叔即鲁国贵族叔孙豹。所谓太上就是最有价值的。以立德、立功、立言为三不朽，就是肯定德、功、言都有价值，而以立德为最上，即肯定德是最高价值。这“三不朽”之说对于后人有深远的影响。

二、孔子“义以为上”“仁者安仁”的道德至上论

孔子提出“君子义以为上”（《论语·阳货》①），“好仁者无以尚之”（《里仁》）的命题，认为道德是至上的。上字和尚字相通，都是表示价值。孔子所谓义指道德原则，义的内容就是仁，仁是最高的道德规范。在孔子的理论体系中，义还是一个“虚位”范畴，而

① 下引《论语》，只注篇名。

不是一个具体的道德规范（韩愈《原道》区别了定名和虚位，有重要的理论意义）。孔子没有以仁义并举（仁义并举，始于墨子）。孔子又说："仁者安仁，知者利仁。"（《里仁》）"安仁"即安于仁而行之，"利仁"即以仁为有利而行之。仁者实行仁德，不是以仁为有利，即不以仁为手段，而以仁为目的。"知者利仁"，是有所为而为；"仁者安仁"则是无所为而为。"仁者安仁"即认为仁具有内在的价值。这种观点可以称为内在价值论。

孔子以道德为最高价值，所以说："志士仁人，无求生以害仁，有杀身以成仁。"（《卫灵公》）仁者安仁，知者利仁，在安仁、利仁的情况，仁与生并无矛盾。但在一定的条件下，生与仁不能两全，便应牺牲生命以实现仁德。在杀身成仁之际，就达到了道德的最高境界。

孔子把"道""义"与富贵区别开来，他说："富与贵，是人之所欲也，不以其道得之，不处也。贫与贱，是人之所恶也，不以其道得之，不去也。"（《里仁》）又说："士志于道，而耻恶衣恶食者，未足与议也。"（同上）又说："饭疏食饮水，曲肱而枕之，乐亦在其中矣。不义而富且贵，于我如浮云。"（《述而》）有"以其道得之"的富贵，有"不以其道得之"的富贵，前者不悖于道义，后者则是"不义而富且贵"。在孔子看来，富贵的价值是相对的，道与义才是最高价值（孔子承认有"以其道得之"的富贵，即肯定等级差别是正当的，这表现了他的阶级性）。

道义与富贵的关系问题也就是道德原则与物质利益的关系问题。孔子区别了义与利，他说："君子喻于义，小人喻于利"。（《里仁》）

孔子并不完全否定利，要求“因民之所利而利之”（《尧曰》），但认为义具有比利更高的价值。

孔子以为道德的价值高于物质利益，其实际意义是认为人的精神需要要比物质需要更为重要。人的基本的精神需要就是要有独立的人格，人与人之间要相互尊重各自的独立人格。这就是道德的基本原则。孔子肯定人人有独立的意志，他说：“三军可夺帅也，匹夫不可夺志也。”（《子罕》）有独立意志即有独立的人格。孔子肯定伯夷叔齐是“求仁而得仁”，又说伯夷叔齐“不降其志、不辱其身”。就是肯定伯夷叔齐为了坚持自己的独立意志而不惜牺牲生命。

孔子又区别了力与德，他说：“骥不称其力，称其德也。”（《宪问》）这表现了重德轻力的倾向。孔子也说过：“桓公九合诸侯不以兵车，管仲之力也。如其仁，如其仁！”（同上）这也肯定了力的作用，但总的倾向是强调德的价值，比较忽视力的价值。力与德的关系问题是关于人生价值的一个重要问题。

西周末至春秋之时有关于“和同”的评论。史伯与晏子都强调和的重要。孔子亦讲“君子和而不同”（《子路》），孔子弟子有子说：“礼之用，和为贵。”（《学而》）所谓和即多样性的统一。史伯宣称“夫和实生物，同则不继。以他平他谓之和，故能丰长而物归之；若以同裨同，尽乃弃矣”（《国语·郑语》）。这就是认为“和”是有价值的，“同”则无价值。这种“和为贵”的思想，可以说是关于价值标准的学说，具有重要的理论意义。这个“和”字，到战国时期，被理解为随顺不争之意，其实在春秋时代是指不同事物的结合。

三、墨子崇尚公利的功用价值论

墨子与孔子不同，以“国家百姓人民之利”为最高价值。墨子提出“言必有三表”，何谓三表？“有本之者，有原之者，有用之者”，而最重要的是“用之”。“于何用之？发以为刑政，观其中国家百姓人民之利。”（《墨子·非命上》①）“国家百姓人民之利”是最重要的。墨子强调“兴天下之利”，他说：“仁人之所以为事者，必兴天下之利，除去天下之害。”（《兼爱中》）墨子以利为言论行动的最高准则：“凡言凡动，利于天鬼百姓者为之。凡言凡动，害于天鬼百姓者舍之。”（《贵义》）

墨子也讲“义”，认为“万事莫贵于义”（同上）。而义所以可贵，在于义是有利于人民的。他说：“今用义为政于国家，人民必众，刑政必治，社稷必安。所为贵良宝者，可以利民也。而义可以利人。故曰义天下之良宝也。”（《耕柱》）《墨经》更以“利”来解“义”，说：“义，利也”（《经上》），此利指公利而言，义就是公利。

墨子非乐，尝和儒者辨论乐的问题。“子墨子问于儒者曰：何故为乐？曰：乐以为乐也，子墨子曰：子未我应也。今我问曰：何故为室，曰：冬避寒焉，夏避暑焉，室以为男女之别也。则子告我为室之故矣。今我问曰：何故为乐？曰：乐以为乐也，是犹曰：何故为室，曰室以为室也。”（《公孟》）墨子认为，任何事物必有一定的用处，才有存在的价值；否则就没有价值。荀子批评墨子说：“上功

① 下引《墨子》，只注篇名。

用，大俭约而僈差等。”（《荀子·非十二子》）墨子的价值观可以称为功用价值论。

与儒家不同，墨子比较重视“力”的价值。墨子认为人与别的动物不同，必须靠用力才能生存：“今人固与禽兽麋鹿蜚鸟贞虫异者也，……赖其力者生，不赖其力者不生。”（《墨子·非乐上》）他所谓力是广义的，王公大人的“听狱治政”，农夫的“耕稼树艺”，妇女的“纺绩织纴”，都属于用力。他强调力的重要：“昔桀之所乱，汤治之；纣之所乱，武王治之。……天下之治也，汤武之力也。……今贤良之人，尊贤而好道术，……遂得光誉令闻于天下，亦岂以为其命哉？又以为力也。”（《非命下》）墨子以“力”与“命”对立起来，而没有把“力”与“德”对立起来。在墨子的思想体系中，力与德是统一的。

四、孟子宣扬“天爵”“良贵”的人生价值论

孟子明确提出关于人的价值的学说，他认为人人都有自己固有的价值，称为“良贵”，亦称“天爵”。他说：“欲贵者人之同心也。人人有贵于己者，弗思耳。人之所贵者非良贵也。赵孟之所贵，赵孟能贱之。诗云：既醉以酒，既饱以德，言饱乎仁义也。所以不愿人之膏粱之味也，令闻广誉施于身，所以不愿人之文绣也。”（《孟子·告子上》①）又说：“有天爵者，有人爵者。仁义忠信，乐善不倦，此天爵也；公卿大夫，此人爵也。”（同上）人人有贵于己，人

① 下引《孟子》，只注篇名。

人都有自己固有的价值，这固有的价值是天赋的，是不可能剥夺的。世间爵位之贵是当权者给予的，那是可以剥夺的。这固有的“天爵”“良贵”就是道德品质。

孟子认为人人有“耳目”“口腹”的物质要求，又有内心的精神要求，其间有价值的不同。他说：“人之于身也，兼所爱；兼所爱则兼所养也。……体有贵贱，有小大。无以小害大，无以贱害贵。养其小者为小人，养其大者为大人。今有场师，舍其梧槚，养其樲棘，则为贱场师焉。养其一指而失其肩背，而不知也，则为狼疾人也。饮食之人，则人贱之矣，为其养小以失大也。饮食之人无有失也，则口腹岂适为尺寸之肤哉？”（同上）又说：“耳目之官不思，而蔽于物，……心之官则思，思则得之，不思则不得也。”（同上）这就是说，饮食是必要的，但是，如果一个人仅仅追求饮食，就是一个无价值的人了。人有道德意识，这道德意识才是人的价值之所在，人必须有道德的自觉，这种道德的自觉依靠心的思维作用。

孟子肯定人的价值，所以要求人与人之间应相互爱敬。他说：“食而弗爱，豕交之也。爱而不敬，兽畜之也。”（《尽心上》）要把人当人看待，这是孟子的基本观点。

孟子讨论了“生”与“义”的问题，他认为，生是重要的，义也是重要的；如果二者不能两全，应舍生而取义。他说：“生亦我所欲也，义亦我所欲也，二者不可得兼，舍生而取义者也。生亦我所欲，所欲有甚于生者，故不为苟得也。死亦我所恶，所恶有甚于死者，故患有所不辟也”。（《告子上》）他更举出“所欲有甚于生者，所恶有甚于死者”的事例说：“一箪食，一豆羹，得之则生，弗得则死，嘑尔而与之，行道之人弗受；蹴尔而与之，乞人不屑也。”（同上）饥饿已甚的人，也不肯接受“嗟来之食”。生命固然重要，人格尤其重要，孟子“舍生取义”的名言对于中华民族的民族精神的形成具有极其深刻的意义。

与生义问题密切相关的是义利问题，孟子严格区分了义与利。他告诫梁惠王说：“王何必曰利，亦有仁义而已矣。”（《梁惠王》）他更警告说：“上下交征利而国危矣。”与墨家不同，孟子所谓利指私利而言。孟子更将“利”与“善”对立起来。他尽力反对追求私利，但也不谈论公利。他认为道义的价值高于一切物质利益。

孟子更区别了德与力，他说：“以力假仁者霸，霸必有大国；以德行仁者王，王不待大，汤以七十里，文王以百里。以力服人者，非心服也，力不赡也；以德服人者，中心悦而诚服也，如七十子之服孔子也”（《公孙丑上》），把“以力服人”与“以德服人”对立起来。事实上，汤武“革命”，不仅是有德，而且是有力的。但孟子也不是完全轻视力。尝说：“智，譬则巧也；圣，譬则力也”（《万章上》），圣人也可谓有力。他是认为德的价值高于力的价值。

孟子肯定物与物的差别，他断言：“夫物之不齐，物之情也。或相倍蓰，或相什佰，或相千万。”（《滕文公上》）事物不但性质不同，而且价值不同。孟子明确肯定了人的价值，在人类生活中他更强调精神生活的价值。

五、道家“物无贵贱”的相对价值论

老子提出价值的相对性的问题，他认为美丑、善不善都是相互依存的，没有绝对的差别。老子说：“天下皆知美之为美，斯恶矣；皆知善之为善，斯不善矣。”（二章）人们都知美之为美，这就是已有恶存在了。人们都知善之为善，这就是已有不善存在了。他又说：“美之与恶，相去若何？”（二十章）事实上，美与丑相去不远。老子更认为，宠与辱、贵与患都是相对的。他说：“宠辱若惊，贵大患若身。何谓宠辱若惊？宠为下，得之若惊，失之若惊，是谓宠辱若惊。何谓贵大患若身？吾所以有大患者，为吾有身。及吾无身，吾有何患？”（十三章）受宠实是受辱，如果受之而惊；荣贵实是大患，如果以身任之。（此章旧注多不得其解，唯王弼注略得其旨。王注云：“宠必有辱，荣必有患，宠辱等，荣患同也。”又云：“为吾有身，由有其身也。”）老子更举出“贵大患若身”的例证说：“金玉满堂，莫之能守；富贵而骄，自遗其咎。”（九章）以富贵骄人，终必罹患。

老子认为，唯有摆脱了世间的贵贱，才是最贵的。他说：“挫其锐，解其分；和其光，同其尘，是谓玄同。故不可得而亲，不可得而疏，不可得而利，不可得而害，不可得而贵，不可得而贱，故为天下贵。”（五十六章）这里“不可得而贵”与“故为天下贵”两个贵字意义不同。前句所谓贵是世间的贵，指取得爵位而言；后句所谓贵指真正的价值。

庄子发挥老子的学说，进一步论证价值的相对性。庄子认为是非、善恶、美丑都是相对的。《庄子·齐物论》论美说：“毛嫱丽姬，人之所美也，鱼见之深入，鸟见之高飞，麋鹿见之决骤，四者孰知天下之正色哉？”又论是非善恶说：“仁义之端，是非之涂，樊然殽乱，吾恶能知其辩？”他进而否认了是非善恶的区别，“是不是，然不然。”《庄子·大宗师》云：“与其誉尧而非桀，不如两忘而化其道。”庄子以为根本不必要进行价值判断。

《庄子·秋水》提出“物无贵贱”的命题，它说：“以道观之，物无贵贱；以物观之，自贵而相贱；以俗观之，贵贱不在己。……以趣观之，因其所然而然之，则万物莫不然；因其所非而非之，则万物莫不非，知尧桀之自然而相非，则趣操睹矣。”又说：“以道观之，何贵何贱，是谓反衍。……万物一齐，孰短孰长？……何为乎，何不为乎？夫固将自化。”从普遍性的“道”看来，不存在贵贱之分。“反衍”即向相反的方面转化。贵可转为贱，贱可转为贵，贵贱无别。“白化”即自然变化，何为何不为，不必考虑取舍，一切任其自然。但是，事实上，取舍是不可避免的。《秋水》下文云：“明于权者不以物在己。……谨于去就，莫之能害也。”还是要有去就，要避免灾害。庄子的价值观终于陷入自相矛盾。

庄子提出真伪问题：“道恶乎而有真伪，言恶乎而有是非？”(《齐物论》)认为一般人所谓知不是真知，只是斗争的工具。“知出乎争。……知也者争之器也。”(《人间世》)庄子否认普通知识的价值，他认为真知是对于道的直觉。

六、《易传》与荀子关于价值标准的学说

《易传》认为贵贱差别是由天高地下的自然秩序决定的。《系辞上》说：“天尊地卑，乾坤定矣。卑高以陈，贵贱位矣。”天在上，

地在下，天是最尊贵的，天地之间的万物各有一定的贵贱之位。《易传》认为，天地之间有道，《易传》赞美道的功用说："一阴一阳之谓道，继之者善也，成之者性也。仁者见之谓之仁，知者见之谓之知，百姓日用而不知，故君子之道鲜矣。显诸仁，藏诸用，鼓万物而不与圣人同忧，盛德大业至矣哉！富有之谓大业，日新之谓盛德。"（《系辞上》）一阴一阳对立统一是基本规律，称为道。此道发育万物，可称为仁，这是此道的表现，此道可谓具有盛德大业，而盛德大业的涵义就是富有日新。《易传》以"日新"为盛德，以"富有"为大业，即认为富有日新才是最高的价值。这可以说是一种关于价值标准的观点。（此节"显诸仁"以下数语的主词都是道。"盛德大业"是对于道的赞美，也是对于天地的赞美，因为道是天地之道。）这也就是认为，内容丰富、不断更新的才有价值。

荀子肯定人类具有高于其他物类的价值，他说："水火有气而无生，草木有生而无知，禽兽有知而无义。人有气有生有知亦且有义，故最为天下贵也。"（《荀子·王制》）人所以最贵，在于有义。荀子讲"性恶"与孟子讲"性善"不同，但承认人的特点是"有义"，则与孟子相同。荀子认为义是保持人类生活安定的必要条件。他说："故人莫贵乎生，莫乐乎安，所以养生安乐者，莫大乎礼义。"（《强国》）和孟子一样，荀子也极力贬斥只知追求物质利益的人。他说："以从俗为善，以货财为宝，以养生为己至道，是民德也。"（《儒效》）"不学问，无正义，以富利为隆，是俗人者也。"（同上）他把道义与势利对立起来："志意修则骄富贵，道义重则轻王公，内省而外物轻矣。"（《修身》）重道德而轻富贵，这是儒家的共同观点。

荀子以为价值的最高标准是“全尽”，他论学问说：“全之尽之，然后学者也。君子知夫不全不粹之不足以为美也，……君子贵其全也。”(《劝学》)完全而精粹才是最有价值的。他又说：“积善而全尽，谓之圣人。彼求之而后得，为之而后成，积之而后高，尽之而后圣。”(《儒效》)这是荀子关于价值标准的学说。

荀子亦谈到德与力的问题，他说：“君子以德，小人以力。力者德之役也。”(《富国》)有力者应为有德者服务，德贵于力。但又认为治理国家，应兼重德力，他说：“全其力，凝其德。力全，则诸侯不能弱也；德凝，则诸侯不能削也。”(《王制》)既充实国力，而又以德服人，这样就可以“常胜”（同上）了。这个观点是比较全面的。

七、法家的道德无用论

与儒家以道德为至上相反，韩非则以道德为无用。他认为“仁义惠爱”是不足以治国的。他说：“世之学者说人主，不曰乘威严之势以困奸邪之臣，而皆曰仁义惠爱而已矣。世主美仁义之名而不察其实，是以大者国亡身死，小者地削主卑。……吾以是明仁义爱惠之不足用，而严刑重罚之可以治国也。”(《韩非子·奸劫弑臣》)韩非把道德与法律完全对立起来。他又说：“治强生于法，弱乱生于阿。君明于此，则正赏罚而非仁下也。爵禄生于功，诛罚生于罪，臣明于此，则尽死力而非忠君也。君通于不仁，臣通于不忠，则可以王矣。”(《外储说右下》)他以父母教子为例证来说明惠爱的无效：

“今有不才之子，父母怒之弗为改，乡人谯之弗为动，师长教之弗为变。……操官兵，推公法而求索奸人，然后恐惧，变其节，易其行矣。故父母之爱不足以教子，必待州部之严刑者，民固骄于爱，听于威矣。”（《五蠹》）这里用不才之子不听教训来说明仅靠惠爱不足以治国，是正确的。但是他完全不了解教育与法律是相辅相成的，于是完全抹煞了道德教育的作用。韩非强调实用，他说：“夫言行者以功用为之的彀者也。……今听言观行，不以功用为之的彀，言虽至察，行虽至坚，则妄发之说也。”（《问辩》）“故明主举实事，去无用，不道仁义诸故，不听学者之言。”（《显学》）把仁义道德完全看成无用。这种观点可谓狭隘功用论。

韩非否认道德的价值，仅承认权力的价值。他论历史的演变说：“古人亟于德，中世逐于智，当今争于力。”（《八说》）又说：“上古竞于道德，中世逐于智谋，当今争于气力。”（《五蠹》）他所谓力，在上为权力，在下为勇力。孟子重德轻力，韩非则崇力贬德。孟子还给力以一定的地位，韩非则认为道德完全是迂腐无用的。秦统一六国，以韩非学说治理天下，仅仅二世就灭亡了。历史证明韩非的极端专制主义是不可取的。

八、董仲舒“莫重于义”的价值观

董仲舒尊崇孔子，重新肯定了道德的价值。他认为人之所以为贵在于有道德。他说：“人受命于天，固超然异于群生。入有父母兄弟之亲，出有君臣上下之谊；会聚相遇，则有耆老长幼之施。粲然有文以相接，欢然有恩以相爱，此人之所以贵也。”（《汉书·董仲舒传》引）有道德是人贵于物的特点，所以道德的价值高于物质利益。他提出“身之养莫重于义”的命题：“天之生人也，使之生义与利。利以养其体，义以养其心。心不得义不能乐；体不得利不能安。义者心之养也，利者体之养也。体莫贵于心，故养莫重于义。……夫人有义者虽贫能自乐也，而大无义者虽富莫能自存。吾以此实义之养生人大于利而厚于财也。”（《春秋繁露·身之养莫重于义》）物质利益是养护身体的，道德是培养心灵的，在身体之中，心灵最贵，所以道德具有更高的价值。董仲舒更提一个著名命题：“仁人者，正其道不谋其利，修其理不急其功”（《对胶西王越大夫不得为仁》），这两句话，《汉书·董仲舒传》引作“正其谊不谋其利，明其道不计其功”。《汉书》所引的这两句后来发生了深远的影响，成为义利之辩的公式。

九、王充提倡“德力具足”的价值观

王充着重讨论了德与力的问题，他认为治国之道应德力并重。他说：“治国之道所养有二：一曰养德，二曰养力。养德者养名高之人，以示能敬贤；养力者养气力之士，以明能用兵。此所谓文武张设，德力具足者也。……夫德不可独任以治国，力不可直任以御敌也。”（《论衡·非韩》）一方面要尊崇道德，一方面要培养实力。这里所谓力指勇力。王充论力，有时也取其广义，如说：“人有知学，则有力矣。文吏以理事为力，而儒生以学问为力。……故博达疏通，儒生之力也；举重拔坚，壮士之力也。”（《效力》）壮士有力，儒生也有力。王充更详论各种不同类型的力说：“故夫垦草殖谷，农夫之力也；勇猛攻战，士卒之力也；构架斫削，工匠之力也；治书定簿，佐史之力也；论道议政，贤儒之力也。人生莫不有力，所以为力者或尊或卑。孔子能举北门之关，不以力自章，知夫筋骨之力不如仁义之力荣也。”（同上）这就是说，体力是力，脑力也是力，不同类型的力之中也有尊卑之分。王充高度评价了知识道德的力量。他严厉指斥了“饱食终日无所用心”的“饱食之人”，他说：“人生禀五常之性，好道乐学，故辨于物。今则不然，饱食快饮，虑深求卧，腹为饭坑，肠为酒囊，是则物也。倮虫三百，人为之长。天地之性人为贵，贵其识知也。今闭闇脂塞，无所好欲，与三百倮虫何以异？而谓之为长而贵之乎？”（《别通》）王充提倡德力并重，也认为知识道德是价值最高的。

十、宋明理学的价值观

宋明时代的理学家继承孔孟学说，极力宣扬人生的价值和道德的价值。他们阐释孔孟的观点，有时讲得比较明显易懂。理学家中讲道德价值最透彻的是周敦颐。周敦颐说：“颜子一箪食，一瓢饮，在陋巷，人不堪其忧，而不改其乐。夫富贵，人所爱也；颜子不爱不求，而乐乎贫者，独何心哉？天地间有至贵至爱可求而异乎彼者，见其大而忘其小焉尔！”（《通书》）又说：“天地间，至尊者道，至贵者德而已矣。至难得者人，人而至难得者，道德有于身而已矣。”

（同上）这是说，世间的富贵并不是至贵的，至贵者是道德。周敦颐又说："君子以道充为贵，身安为富，故泰无不足；而铢视轩冕，尘视金玉，其重无加焉尔。"（同上）周氏这些言论虽然基本上是重述孔孟的论点，但比较明白晓畅，足以发人深省。

邵雍以数字表示人的价值，他说："有一物之物，有十物之物，有百物之物，有千物之物，有万物之物，有亿物之物，有兆物之物。生一一之物，当兆物之物，岂非人乎？有一人之人，有十人之人，有百人之人，有千人之人。有万人之人，有亿人之人，有兆人之人。生一一之人，当兆人之人者，岂非圣乎？是知人也者物之至者也，圣也者人之至者也。"（《皇极经世·观物内篇》）又说："唯人兼乎万物，而为万物之灵。如禽兽之声，以其类而各得其一，无所不能者人也。推之他事亦莫不然。……人之生真可谓之贵矣。"（《观物外篇》）人的能力兼乎万物，所以是最贵。

张载提出对于《易传》所谓"富有""日新"的解释，他说："富有者大无外也，日新者久无穷也。"（《正蒙·大易》）又解释"久""大"说："久者一之纯，大者兼之富。"（《至尚》）一之纯、兼之富，就是丰富而不驳杂。这可以说关于价值标准的规定。

程颐说："人人有贵于己者，此其所以人皆可以为尧舜。"（《程氏遗书》卷二十五）又说："君子所以异于禽兽者，以有仁义之性也。"（同上）人的价值在于有道德意识。程颐又说："君子所贵，世俗所羞；世俗所贵，君子所贱。"（《程氏易传》贲卦）这揭示了学者的价值观与世俗的价值观的对立。世俗所追求的是声色货利，富贵权势。学者所追求的则是道德理想。

程颐高度赞扬了董仲舒关于义利的观点，他说："正其谊不谋其利，明其道不计其功。此董子所以度越诸子。"（《程氏遗书》卷二十九）后来的朱熹、陆九渊虽然在许多学术问题上相互争论，但都强调义利之辨。兹不具述。

宋明理学家重视道德修养，注重"身体力行"，在生活上也达到了较高的修养境界。理学亦称为道学。清初以来，道学为许多人所诟病，近年更有许多人贬斥道学家为伪君子。事实上确有不少标榜道学的人言行不一致，可谓伪君子、假道学。但是许多属于道学的思想家确实安于清苦的生活，表现了坚定的志操，虽然难免迂阔，却并非虚伪。正如程颐所说"君子所贵，世俗所羞；世俗所贵，君子所贱"，因而遭到一些人的非议，这是可以理解的。

十一、王夫之"珍生务义"的价值论

孟子虽然宣扬"舍生取义"，但是没有否认生命的价值，所以说"生亦我所欲也"。老子提出"夫唯无以生为者，是贤于贵生"（《老子》七十五章），表现了贬低生命的倾向（事实上，老子还讲过"长生久视之道"，所谓"无以生为"不过是"正言若反"之一例）。佛教则以生为苦，要求解脱。宋明理学强调道德的价值，对于生命的价值重视不够。针对这些情况，王夫之提出"珍生"之说。他说："圣人者人之徒，人者生之徒。既已有是人矣，则不得不珍其生。"（《周易外传》卷二）人是生物，就应该珍视自己的生命。珍视生命，就应该珍视自己的身体，应该反对一切鄙视身体的观点。他批评道家和佛教说："贱形必贱情，贱情必贱生，贱生必贱仁义，贱仁义必离生，离生必谓无为真而谓生为妄，而二氏之邪说昌矣。"（同上）王夫之充分肯定了生命的价值。

但是生活必须合乎道义才有真正的价值，王夫之说："将贵其生，生非不可贵也；将舍其生，生非不可舍也。……生以载义，生可贵；义以立生，生可舍。"（《尚书引义》卷五）生活必须体现道义，这样的生才是可贵的。在必要的时候，应该舍生取义。王夫之这样正确地阐明了生与义的关系。他更提出"务义"之说，他说："立人之道曰义，生人之用曰利。出义入利，人道不立；出利入害，人用不生。……利义之际，其为别也大；利害之际，其相因也微。夫孰知义之必利，而利之非可以利者乎？……智莫有大焉也，务义以远害而已矣。"（同上书卷二）义与利是对立的统一，有一定的界限。利与害也是对立的统一，经常相互转化。专意求利，却常常得害；惟有专意遵义而行，才能免除祸害。王夫之关于生义关系的学说是孟子思想的发挥，但是讲得比孟子更透彻了。

十二、对于中国古代价值观的评价

中国古典哲学中的价值观主要是讨论两方面的问题，一是价值类型和层次的问题，二是价值的基本标准的问题。关于价值的类型与层次，儒家强调道德至高至上，认为道德具有内在价值，可谓内在价值论。墨家从功用来肯定道德的重要，可谓功用价值论。道家指出儒墨所谓道德的相对性，要求回到自然，可谓价值相对论。法家否认道德的价值，专讲实际功用，可谓道德无用论，亦可称为狭隘功用论。

关于价值标准，西周末史伯及早期儒家主张“和为贵”，以多样性的统一为价值的准则。荀子提“全粹”说，《易传》提出“富有日新”说，认为内容丰富而不断更新的才具有最高价值。

两汉以后，儒家的价值观占据了统治地位，成为中国文化的主导思想。儒家肯定人的价值，强调道德的重要，这对于封建时代精神文明的发展起过巨大的作用。但在义利关系、德力关系的问题上，儒家尤其是宋明理学的见解表现了严重的偏向。董仲舒以及程、朱、陆、王诸学派，忽视了公利与私利的区别，专门强调道义，表现了脱离实际的倾向。孟荀重德轻力，还给力以一定地位，而后儒则很少谈到力的问题了。墨子、王充肯定力的重要的观点湮没无闻，一般人则追求“声色货利”“高官厚禄”，又汩没于庸俗习气之中，也不注意如何提高物质文明的问题。明代中期以后，中国文化停滞不进，在世界范围内逐渐落后，既有其社会经济的原因，也有其思想的根源。

近代常以真美善并举。在中国古代，美善经常相联并提，而真字则多系单独出现。真是认识的价值，美是艺术的价值，善是行为的价值。三者属于不同的领域。先秦儒家所谓诚即道家所谓真。宋明以后真字才广泛流行。庄子标出真字，但庄子鄙视一般的知识。儒道两家都把体认（直觉）看做最高的认识，轻视实际观测的分析知识。惟有墨家重视分析与实际观测。墨学中绝，给中国自然科学的发展带来了严重的不利影响。儒家推崇礼乐，对于艺术的发展有积极意义。墨家非乐，忽视了艺术的价值。事实上科学与艺术是相辅相成的。

儒家强调道德的尊贵，高度赞扬“不降其志，不辱其身”的志士仁人，这对于中华民族的成长和发展，确实起了巨大的积极作用。但是，道德理想与物质利益是密切相关的。如果忽视人民的物质利益，则道德将成为空虚的说教了。

价值论的问题是非常复杂的，中国古代的价值学说，虽不如近代西方的繁富和详密，也有其独到的内容。本文仅仅举出一些具有典型性的观点，有些具体问题，还有待于进一步的研究。

学术思想的继统与立新

西周时代，学在官府。民间学术，始于春秋末期的孔、老。孔子以周文王的继承者自居，他说："文王既没，文不在兹乎！"《中庸》说：孔子"祖述尧舜，宪章文武"。孔子对于夏商周三代的文化进行了一次总结，建立儒学。老子是文化的批判者，他揭示了文化的弊端，要求回到原始社会的"结绳之治"。墨子则背周道而用夏政，高度赞扬了大禹治水的精神。孔、老、墨三家各自树立了一家的传统，可惜汉代以后墨学中绝了。

秦统一六国，燔灭《诗》《书》，不久即亡。汉兴，尊崇道家老子学说，与民休息。汉武帝罢黜百家、独尊儒术，于是孔学定于一尊。两汉之际，佛教东来，流传渐广，至隋唐而佛学大盛，佛教的天台、唯识、华严以及禅宗都远尊释迦。今天哲学史家都讲禅宗是中国化的佛教。其实这不是禅宗自己的语言。事实上，禅宗不论南宗或北宗，在传授师承上都是远尊释迦、近宗达摩，都是接承印度佛学之统。

于是韩愈著《原道》，宣扬尧舜、禹汤、文武周公、孔子之道，意在推崇本国的传统、抗拒外来的宗教。韩愈认为"孔子传之孟轲，轲之死不得其传焉”，以继承孟子自任，但是后儒认为他还不够孟子的继承者。

至北宋时代，理学兴起，周（敦颐）张（载）二程（颢、颐）重建儒学的体系，反拨佛老，回到孔孟，恢复了儒学的权威。朱熹提出“道统”的名称，以为周程直接孟子之传，这是理学家的道统说。

宋儒的道统观念具有保卫民族文化独立地位的意义。佛教在中国虽然广泛流传，但是中国没有成为佛教国，儒学始终居于主导的地位。这与道统说有一定关系。后来蒙古灭宋，元代统治者在尊崇佛教的同时，也承认儒家的道统。清初满族入主中原，更是肯定道统的尊严。道统之说对于汉文化的绵延不绝，长盛不衰，起了一定的积极作用。

但是道统说又有扼制自由思想、窒息创造性思维的消极影响。情况是复杂的，不可简单化。经过“五四”新文化运动，道统说终于退出历史舞台了。

要而言之，民族传统是必须重视的，但要分别良莠，应该剔除糟粕，发扬精华；同时更应广泛吸收异国文化的先进成就。既须继统，更应立新，要勇于探索未知的真理。只有这样，才能使民族的优秀传统不断发扬光大，永远屹立于广阔的世界。

汉代哲学家扬雄著《太玄》，文字晦涩难懂，但其中论“因革”的一段，却明白晓畅。扬雄说：“夫物不因不生，不革不成。故知因而不知革，物失其则；知革而不知因，物失其均。革之匪时，物失其基；因之匪理，物丧其纪。”这是说，新事物是从旧事物生出来的，故“不因不生”；但是如果无所改变，则新的也就不成其新的了，故“不革不成”。知因而不知革，就违反了新旧交替的规律，“物失其则”；然而知革而不知因，进行全面的破坏，就会失去平衡，“物失其均”。改革一定要合乎时宜，否则就会失去原来的基础，“物失其基”。因袭一定要合乎道理，否则就违反了变化的规律，“物丧其纪”。扬雄关于“因革”的理论，表现了深刻的辩证思维。因即继承，革即变革、创新。我们现在创建社会主义的新的中国文化，既要有选择地继承、发扬传统文化的优秀遗产，更要勇于发挥创造性思维，力求达到新的高度，这才符合文化发展的客观规律。

论重新估定一切价值

“重新估定一切价值”，这是尼采提出的口号，在“五四”新文化运动时期受到许多中国学者的欢迎。新文化运动，提倡新文学新道德，反对旧文学旧道德，确实需要重新估定一切价值，但是，如何估定一切价值呢，则众说纷纭，难以取得一致的意见。近十年来，我国实行改革开放，许多人都讲观念转变。所谓观念转变主要是价值观的转变。这也包含一个重新估计一切价值的问题。在建立市场经济体制的过程中，过去通常肯定的若干价值标准动摇了，出现了一定程度的价值观的纷乱。有些人把金钱看作至上的，有些人把个人享乐看作人生的目的。如何重新估计一切价值，应是认真考虑的问题。

奴隶道德与贵族道德

尼采学说曾经风行一时，尼采对于旧道德的批判曾经发生深远的影响。尼采曾称西方传统道德谦卑、恭顺、同情、怜悯等为奴隶道德而大力加以反对。在中国，受尼采的影响，于是儒家所宣扬的道德也被指斥为奴隶道德而受到严厉的谴责。汉儒所宣扬的三纲，否定了臣对于君、子对于父、妻对于夫的独立人格，确实是奴隶道德。新文化运动否定了三纲，是一项巨大的进步。很多人以五常与三纲并提，认为仁义礼智信也是反动的，一齐斥为“封建纲常”。但是，这里有许多问题值得分析。

首先，有一个如何看待人与人的关系，如何才可称为强者以及强者应如何对待弱者的问题。孟子以“不忍人之心”即“恻隐之心”为道德的出发点，恻隐之心即同情心，亦即对于别人的痛苦抱有同情而试图加以救助，这应该是道德行为的基本。《老子》说：“胜人者有力，自胜者强。”即不承认以力胜人的价值。墨子宣扬“强不执弱，众不劫寡，富不侮贫，贵不傲贱”。中国自古以来有一个提倡扶危济困的传统，能扶人之危、济人之困的人，被称为英雄豪杰。如果逞强欺弱，那是要受到鄙视的。唐代思想家刘禹锡著《天论》，认为人之道与天之道是有区别的。“天之道在生植，其用在强弱。人之道在法制，其用在是非。”在天（自然界），“力雄相长”，“强有力者”占先。在人（人类社会），“右贤尚功”，“圣且贤者”居先。以强凌弱，这是自然界的规律。分别是非，不允许以强凌弱，这是人类社会的法则。刘禹锡的这一思想是深切的。

尼采反对奴隶道德，有一定的道理。“以顺为正”，确实不是“大丈夫”。但是尼采把谦让、同情都看作奴隶道德，那就错误了。尼采提倡所谓超人，希望出现高于人类的超人，这是一种鄙视人类的思想。人类社会只能以人为本位，想超越人类，自处于比人类更高的地位，这是一种极其狂妄的态度。事实上尼采所提倡的道德是贵族道德，也即鄙视人民群众、妄图奴役人民的道德。对于这种贵族道德是必须加以严厉批判的。

个人与人群、精神与物质

重新估计一切价值，必须考虑两个问题：一是个人与人群（社会、民族、国家）的关系问题；二是人的物质需要与精神需要的关系问题。

人群是个人组成的，人群不可能脱离一个个的个人而存在；个人生活于社会之中，亦不能脱离社会而生活，但是，在一定条件之下，个人利益可能与群体利益发生矛盾。在历史上，往往有一部分人以“公”的名义来压制人民群众。在历史上，在民族之间的矛盾斗争趋于激烈的时候，保卫民族独立与保持个人生命往往不能兼顾。古代儒家提倡“杀身成仁”“舍生取义”，就是主张在个人利益与民族国家的利益不能兼顾的时候应敢于为了民族国家的利益而牺牲个人的生命。应该承认，在世界上民族矛盾还没有消失的情况下，为了民族利益而牺牲个人，这是一项必须肯定的道德原则。在民族内部，则应力求达到个人利益与民族公共利益的平衡。

任何人不仅有物质需要，而且有精神需要。古语说：“仓廪实，则知礼节；衣食足，则知荣辱。”（《管子·牧民》）仓廪实，衣食足，是物质需要。“知礼节”“知荣辱”是精神需要。精神需要即是对于真善美的追求。如果一个人只有物质需要，而没有精神需要，既不知礼节，也不知荣辱，这种人也就与禽兽无别了。个人享乐主义只知追求个人的物质享受，拜金主义以积累金钱为生活目的，这种人只求满足物质需要，而没有对于真善美的想望，也即只有物质生活，而缺乏精神生活。这种人也就失去了“人的价值”了。

重新估定一切价值，虽然重在重估，但也应参照几千年来的人类生活的历史经验。在中国思想史上，义利问题和理想问题已争论了二千多年，在西方也有理性主义与乐利主义的长期争辩。事实上，义利问题与理欲问题之中，都包含个人利益与群体利益的关系问题以及精神生活与物质生活的关系问题。时至今日，对于这些问题应看得比较清楚了。所谓义、所谓理，指群体的公共利益及理想原则。所谓利，所谓欲，指个人利益及物质生活要求。古代儒家重义轻利，忽视了个人的实际利益，陷于迂阔；但是见利忘义更是错误的。宋明理学家鼓吹“存理去欲”，忽视了提高人民的物质生活的必要性，陷于空疏。但是，如果忘理纵欲，专门追求物质享受，更是荒谬的。既应兼顾个人利益与群体（社会、国家、民族）的利益，又应兼重物质生活与精神生活，才是正确的价值观。

重新估定一切价值，不是对于几千年来价值观思想的简单否定，而是对于已往的价值观思想去粗取精、去伪存真，以期达到一个比较正确的理解。

客观世界与人生理想

——平生思想述要

近年常接到撰写学术自传的约稿信。年过八十，写自传似乎不算过分。因而想到，耄耋之年对于平生的学术思想似乎可作一次小结。我在二十世纪三十年代至四十年代思考了一些哲学理论问题，写过一些论著；五十年代之后，由于教学工作的专业化，专门从事中国哲学史的研讨，光阴迅速，匆匆几十年过去了，但在哲学上，我仍坚持三十至四十年代的一些观点而略有补充。我信持唯物论，推崇辩证法，而认为应该把马克思主义哲学唯物论与中国古典哲学中的唯物论优良传统结合起来。恩格斯《路德维希·费尔巴哈和德国古典哲学的终结》的结束语说："德国的工人运动是德国古典哲学的继承者。"我们必须钻研德国古典哲学，但是，作为中国人，如果仅只钻研德国古典哲学是不够的，更应继承中国古典哲学中的精粹思想。这是我平生致思的基本方向。

我经常考虑的理论问题是：天人关系（人与自然的关系）问题，事理关系（共相与具体事物的关系）问题，心物（精神与物质）问题，生命在宇宙中的意义问题，知识来源问题，真知标准问题，生命与道德理想问题，个人与社会问题，人生最高理想问题等等。这类问题，有中国的表达方式，有西方的表达方式，我力图观其会通，不拘一隅。

致思既久，于是达到一些基本观点。这些观点是：

(1) 物我同实——主体（我）与客体（物）都是实在的。

(2) 物统事理——物皆事事相续而有一定之理的过程。理即在事中。

(3) 一本多级——物质是生命与心知之本，物质演化而有生命与心知。

(4) 物体心用——心物关系是体用关系，心是人体所有的作用。

(5) 思成于积——思维所用的概念范畴是由长期历史积累而成的。

(6) 真知三表——真知的标准有三个层次，即言之成理，持之有故，行之有成。

(7) 充生达理——人生之道在于充实生命以达到合理的境界。

(8) 本至有辨——宇宙本原与道德理想属于不同层次。

(9) 群己一体——群（社会）与己（个人）是统一而不可别离的。

(10) 兼和为上——兼容多端而相互和谐是价值的最高准衡。

以下分别加以解释。

（1）物我同实——主体与客体都是实在的。

物是客体，我是主体。主客之分，中国古代即已有之。《管子·心术上》云："人皆欲知，而莫索其所以知，其所知，彼也；其所以知，此也。不修之此，焉能知彼?"（从王念孙校）这分别了所知与所以知。清初王船山（夫之）区别了"能"与"所"，断言："所登者山，不得谓登为山；所涉者水，不得谓涉为水。""所著于人伦物理之中，能取诸耳目心思之用。所不在内，故心如太虚，有感而皆应；能不在外，故为仁由己，反己而必诚。"（《尚书引义》）能是主体，具有主体性；所是客体，具有客观性。主体性即是主体能改变客体的能动作用。客观性即是不以主体的意识为转移的实在性。主体可以改变客体，但客体的存在不依赖于主体。佛学讲"唯心""唯识"，王阳明讲"心外无物"，都是错误的。法哲笛卡尔提出"我思故我在"，于是西方近代哲学中"我"成为思维的出发点。其实人对于自我的认识后于对于外物的认识。自我不是抽象的，自我除能思之外，还有可见的身体。一个没有心肺脾胃的我只是抽象的观念。人自知胸腹之中有心肺脾胃，实以自古传下来的关于人体解剖的知识为依据。主体的我，在别人看来，也属于客体。外物与自我同属于实在。"物我同实"，外界是实在的，本是常识的观点。但在哲学上提出对于外界实在的论证，则外界实在就不仅是常识的观点，而是一个重要的哲学命题了。

（2）物统事理——物皆事事相续而有一定之理的过程。理即在事中。

一切客体，皆可称为物。物即是个体存在。一切存在都是过程（亦曰历程）。就过程中的变化内容而言，谓之事。就过程中的恒常而言，谓之理。凡物皆是事事相续而有一定之理的过程，其一定之理即此物之性（亦曰本质）。“子在川上曰：逝者如斯夫，不舍昼夜。”（《论语》）凡物皆逝逝不已的过程。事即过程中的逝逝不已的内容。事逝逝不已，亦现现不已，逝逝现现，谓之事事相续。凡物皆事事相续而有一定之理的过程。

物与物相互关联的变化内容，亦是事；其事事相续亦有其恒常，亦谓之理。此意谓的理亦不能离事而存在。物之性即在物内，事之理即在事中。

朱晦庵（熹）有理在事先，理在物先之说，李恕谷（塨）主张“理在事中”。其所谓事皆指物与物的相互作用而言。今所谓事，不仅指物与物的相互作用，而兼指个体物的存在过程的变化内容。

（3）一本多级——物质是生命与心知之本，物质演化而有生命与心知。

世界上有物质现象，有生命现象，有精神现象。物质演化而有生命，生命演化而有人类，人类有能知之心，具有精神作用。物质是生命与精神之本，是谓一本多级。一切无生命的物，谓之物质，在中国哲学中亦谓之“气”，气即是有广袤而能运动的存在。荀子说：“水火有气而无生，草木有生而无知，禽兽有知而无义，人有气有生有知亦且有义，故最为天下贵也。”（《荀子·王制》）这是中国最早的存在层级论，惜乎没有做出详细的论证。气是水火、草木、禽兽及人都具有的，是一切物之本，有气而后有生，有生而后有知，此知指知觉作用，有知而后有义，义指道德意识。荀子认为鸟兽亦有知觉，这是正确的。就人而言，知觉作用与道德意识皆属于心，亦谓之心知。生命与心知皆以物质（气）为本。

（4）物体心用——心物关系是体用关系，心是人体所有的作用。

哲学史上的心物问题有两层含义，一为形神问题，即身体与精神的关系问题，二为内心与外物的关系问题。关于形神问题，范缜著《神灭论》，提出了形为质而神为用的明确观点。关于内心与外物的关系问题，张载说："人谓已有知，由耳目有受也。人之有受，由内外之合也。"（《正蒙》）又说："人本无心，因物为心。"（《语录》）意谓心是物的反映。而唯心论者则谓"心外无物，心外无事"。吾认为所谓心即指人的心，没有离开人而独立存在的心，而外在事物实在心之外。宇宙演化经过长期过程而产生人类，人类的心亦经长期发展而成，心非实体，而为人的实体所具有的作用。心是人的形体所具有的作用，亦即一种特殊的物所具有的作用。人亦一物，物是实体，而心是作用，故云物体心用。而客观世界是不依附于人心的。

（5）思成于积——思维所用的概念范畴是长期历史积累而成的。

列宁说："从生动的直观到抽象的思维，并从抽象的思维到实践，这就是认识真理、认识客观实在的辩证的途径。"（《哲学笔记》）这是关于认识论的最深刻的结论。生动的直观即是感觉经验，抽象的思维即是理性认识。理性认识，张横渠称之为"德性所知"。感觉经验是个人的，是个人所感。理性认识则具有社会性与历史性。

理性认识所运用的概念范畴都是在历史发展过程经过长期的积累而逐渐确立起来的。荀子云："圣人积思虑习伪故，以生礼义而起法度。"(《荀子·性恶》)我认为用"积思虑"来说明概念范畴的来源，是符合实际的。张横渠提出"德性所知"是正确的，但又说"德性所知不萌于见闻"，就错误了。理性认识实基于感性认识，但不是直接出于个人的经验，而是成于多人的思虑的累积。西方先验论者认为概念范畴都是先验格式，更是悖谬的，先验论者不理解理性认识的社会性与历史性。

(6) 真知三表——真知的标准有三个层次，即言之成理，持之有故，行之有成。

真知即正确的认识，其内容谓之真理。真知的标准有三：一曰言之成理，即自语一贯，不自相矛盾；二曰持之有故，即有经验的证据；三曰行之有成，即取得实践上的预期效果。实践是最重要的真知标准，但真知必不自语相违，必合乎感觉经验。

(7) 充生达理——人生之道在于充实生命以达到合理的境界。

有生之物都具有生命力，而人的生命力最为强盛。生命力即是能改造环境而不屈服于环境的内在力量。生物与生物之间充满了矛盾，人与人之间亦充满了矛盾。"与接为构，日以心斗。"(《庄子》)人生必须正确解决生命现象中的矛盾。正确解决生命矛盾的原则谓之理。人生之道，在于充实生命力，克服生命的矛盾，以达到理想的境界。

宋明理学中有所谓义利之辨与理欲之辨。通过几百年的历史经验，现在已经明确：重义轻利是错误的，见利忘义更是荒谬的；存理去欲是错误的，纵欲违理更是荒谬的。正确的原则是遵义兴利、循理节欲。

（8）本至有辨——宇宙本原与道德理想属于不同层次。

在中国古代哲学中，有一个久远的传统，认为宇宙的本原也就是人生理想的最高标准。老子以道为世界本原，宣称“孔德之容，惟道是从”。朱子认为世界最高本原是太极，而太极的内含就是仁义礼智四德。陆象山王阳明认为道德的根源在于本心，本心亦即天地万物之本。我认为应将宇宙之“本”与人伦道德之“至”区别开来，这可谓“本至之辨”。人伦道德是宇宙演化的最高成就，可谓宇宙演化之至，是宇宙万象中的新的创造。有人类而后有人伦。在未有人类以前，无仁义礼智等道德原则可言。道德原则不能违背自然规律，但是一件事情可以合乎自然规律而不合乎道德原则。在自然界无所谓善恶，在社会生活中则必须明辨善与恶的区别。宇宙本原（本根、本体）与道德理想（理、义）属于不同层次。

（9）群己一体——群（社会）与己（个人）是统一而不可别离的。

社会是由个人组成的，个人不可能脱离社会而生存，社会亦不可离开所有的个人而存在。这是客观事实。然而社会与个人之间亦有矛盾。专制主义者假借“公”的名义压制个人，有的个人标榜“自由”而违背社会公益。这都是谬妄的。我在三十年代提出“与群为一”，意在以“与群为一”代替前哲的“与天为一”，以为“与天为一”未免过于玄远，不如“与群为一”较为切实。“与群为一”的实际意义是个人与民族的统一。

（10）兼和为上——兼容多端而相互和谐是价值的最高准衡。

孔子提倡“中庸”，宣称“中庸之为德也其至矣乎！民鲜久矣”。又说“过犹不及”。很多人赞扬中庸之德，也有人反对中庸。按中庸是肯定许多事情有一个适度的问题，不宜过，也不宜不及。这在日常生活中确实是必要的。但是在社会变革的时代，如果固守原来的度，便可能妨碍社会的前进。程伊川释中庸云：“不偏之谓中，不易之谓庸。”中庸确实强调不易，而社会有时亦须变易。《易传》：“易穷则变，变则通，通则久。”我认为，中庸不是无条件的。中庸观念不如“和”的观念更为重要。西周末年周太史史伯说：“和实生物。以他平和谓之和，故能丰长而物归之。”（《国语》）和指多样性的统一，实为创造性的根本原则。和是兼容多端之义，今称之为“兼和”。

以上是平生致思试图加以阐明的基本观点，这些观点的基本倾向是，在理论上是唯物的，在方法上兼综了逻辑分析法与唯物辩证法。这些观点，总起来看，既肯定客观世界的实在性，又昂扬人的主体自觉性。哲学最基本的问题是主体与客体的问题，用中国传统的名词来说，即天人关系问题。天即客观世界，人即主体能动性。人的主体能动性在于改变客体，而改变客体必然有一定的目标，也就是必然依照一定的准则。这一定的准则即是人生理想，人生理想的核心是“当然”的自觉，亦即道德的自觉。道德的自觉也不是纯粹主观的，而必然参照客观世界的实际。这是我的基本认识。

【附识】我的这些观点见《真与善的探索》（1988年齐鲁书

社）、《张岱年文集》第一卷与第三卷（清华大学出版社）。其中有较详的论证。

我的哲学观

哲学是一个译名，其西文原意是爱智之意，哲学即追求智慧之学。中国古代也有与哲学相类的名词，即是道术。《庄子·天下篇》说："古之所谓道术者果恶乎在？曰无乎不在？"梁任公曾建议将哲学改译为道术学。但道术一词被道教的道士们滥用了，附加上迷信的含义，因而不可能再用了。所以哲学仍只能用译名。

哲学所讨论的问题都是关于宇宙人生的根本问题，这些问题具有最广泛的普遍性，因而难以达到确定的结论。在这一点上，哲学与科学有所不同。自然科学以实验为依据，按照一定的实验程序，取得人人同意的结果。这实验是可以由任何学者按照一定程序重复进行的，如果取得同样的结果，也就达到一致的结论，数学不是实验科学，但也具有严格的推演程序，因而也能取得一致的结论。哲学则不然，各人的生活经验不同，因而所见不同，所达到的结论也就不同。不可能要求每个思想家都进行同样的思考，也就不可能达到一致的结论了。所以，哲学有派别之分。

既然哲学所讨论的问题不可能达到一致的结论，那就不必研究讨论那些问题了吧！那又不然。这些问题是必须加以思考，从而取得一定意见的。这些问题都是人们立身处世必须考虑的问题，必须对于这类问题有一定见解，然后才能立身处世，否则就无所适从，难以措手足，在这一点上，哲学有似于宗教。哲学与宗教都提供生活的指南，都提供一定的关于宇宙人生的信念。但哲学又与宗教不同。宗教以信仰为基础，其信仰来自神秘的启示或远古的神话，其所信不必有一定的理由。哲学也提供一定的信念，但是哲学的信念必须有一定的理由。这样，哲学可以说是有理由的信念之学，简称为有理的信念之学。哲学的信念是人们立身处世的依据。

哲学可以说在科学与宗教之间。

哲学之中，有接近宗教的，即唯心论，唯理论（理性主义）、生命哲学等；也有接近科学的，即唯物论、实在论、实证主义等。

近代以来，有的思想家认为哲学是语言分析之学（维也纳派、逻辑实证论者）；也有的思想家认为哲学是概念的游戏（一部分新实在论者）。这些都是不切当的。哲学要建立关于宇宙人生的基本信念，绝不仅仅是语言的分析。哲学是非常严肃的，绝不是游戏。哲学是人生立身处世所必须具有的有理的信念之学。

这是我的哲学观。

论中国哲学发展的前景

中华人民共和国的成立，开辟了中国历史的新时代。社会主义市场经济体制的确立，更开始了社会主义建设的新阶段。随着时代的前进，哲学思维应有新的发展。这是合乎规律的。回忆三十年代至四十年代，在民族危机空前严重的条件下，中国的哲学园地中曾经出现新的思想学说的端绪。到了今天，民族解放已经实现了，一百多年的民族危机已经解决了，社会经济已迅速发展起来，在新的形势之下哲学应有更大的发展。当代中国哲学向前发展的前景如何呢？这是一个值得研讨的问题。

一、古典哲学是思想发展的源泉

世界哲学有三大系统，即中国哲学、印度哲学与西方哲学。每一大系统的哲学都有其辉煌的开创时代。这哲学思想的开创时代，有的西方学者都称之为“轴心时代”，这在中国是先秦时代，在西方是古希腊。现代西方，有很多学者认为古希腊哲学至今仍是西方哲学思想发展的源泉。这是符合历史事实的。而中国的先秦时代的经典与诸子学说乃是汉唐宋明哲学发展的思想源泉。春秋战国时期，孔墨、老庄、孟荀的著作，在二千多年的长时期中，确实提供了思想发展的坚实基础。汉代独尊孔子，魏晋兼崇孔老，隋唐时代儒、释、道三教并尊，到宋代而理学兴起。理学家大多出入佛老而返于六经，实际上是返于孔孟之说。（《周易大传》被认为是孔子的遗著。）到了明清之际，黄宗羲倡民主，实本于孟子；王夫之总结了汉唐宋明的学术而尊崇孔孟；颜元对于汉宋诸儒一概摒弃，而主张回到孔孟原旨；戴震的著作题为《孟子字义疏证》，即表示回归孟学。这些“返于六经”“回到孔孟”，实即表示以原始儒学为思想的源泉。这其实并非复古，而是借复古以创新，但也表明新时代的思潮确实受到了古代哲学的启发。

时至今日，时代不同了。西学东渐以来，西方哲学已经传入中国，我们研究哲学，必须虚心了解西方自古希腊以来的哲学思想，虚心学习西方哲学的丰硕成就，但是仍不应“数典忘祖”，忽视本民族的哲学传统。我认为，新时代的中国哲学不可能简单地植根于西方哲学的基础之上，而亦应是中国古典哲学的深根上开出的新枝。

二、中国哲学的基本精神

古代哲学之所以能成为思想发展的源泉，主要是因为古代哲学中含有若干符合客观真理的精义睿智，即符合客观实际的真确认识。古代思想有其时代的局限，包含许多错误观点。例如关于天的学说，中国古代所谓天圆地方、西方古代所谓地球中心论，都是错误的。

但是古代天文学也包含一些正确的观点，所以能制定当时合乎实用的历法。中国古代哲学中包含许多陈旧的观点，也具有一些精湛深邃的观点，可以称为精粹思想，也可以称为基本精神。所谓基本精神即是一些符合客观实际而能促进社会发展的精粹思想。中国古代哲学中的深湛思想也很多，这里举出最关重要的四点：1. 天道生生；2. 天人合一；3. 人格价值；4. 以和为贵。

略说如下：

1. 天道生生——中国古代哲学关于天道有一个基本观念曰“生”。所谓天道即是自然界的演变过程及其规律。所谓生指产生、出生，即事物从无到有，忽然出现，亦即创造之意。与生密切相关的观念曰“行”，曰“逝”，曰“变”。行即运动，亦即过程。逝即离去、过去。变即转化、转移。孔子曾对弟子说：“天何言哉？四时行焉，百物生焉。”特别提出了生与行。《论语》又载：“子在川上曰：逝者如斯夫，不舍昼夜。”指出事物是逝逝不已的，有如川流。自一方面说，一切事物都是生生不已；从另一方面说，一切事物都是逝逝不已。传说孔子撰写的《周易大传》进一步发展了“生”的观念，《系辞上传》说：“日新之谓盛德，生生之谓易。”《系辞下传》说：“天地之大德曰生。”又说：“天地絪缊，万物化醇；男女搆精，万物化生”。《周易大传》高度赞扬了生，以为“天地之大德”，更提出“生生”的范畴，表示生不是一次性的，生而又生，生生不已。这即变易。《系辞上传》说：“在天成象，在地成形，变化见矣。”《周易大传》肯定了变化的实在性与普遍性。这种观点，用现在的名词来说，即是过程观点，认为一切存在都是过程，存在即是生生不已、变化日新的过程。这是一个非常深刻的观点。老子也讲“逝”，《老子》云：“有物混成，先天地生，……吾不知其名，字之曰道，强为之名曰大。大曰逝，逝曰远，远曰反。”道家也肯定变化的实在性。我认为，中国古代哲学认为存在都是生生不已的变化过程的观点，在今天仍是具有重要意义的。

2. 天人合一——中国古代哲学中所谓“天人合一”的思想，起源很早。到汉代，董仲舒明确提出“天人之际合而为一”，宋代张载明确提出“天人合一”的四字成语。程颢讲“天人本一”；程颐讲“天道与人道只是一个道”。董仲舒所谓天人合一以“人副天数”为主要含义，显然是牵强附会之谈。程颐所谓天道人道只是一个道，也不符合客观实际。“天人合一”的比较深刻的含义是：人是天地生成的，人与天的关系是部分与全体的关系，而不是敌对的关系，人与万物是共生同处的关系，应该和睦共处。《周易大传》提出“裁成天地之道、辅相天地之宜”的理想，即主张调整自然以达到天与人的和谐。《中庸》提出“赞天地之化育”的理想，“唯天下至诚，为能尽其性；能尽其性则能尽人之性；能尽人之性则能尽物之性；能尽物之性，则可以赞天地之化育；可以赞天地之化育，则可以与天地参矣”。赞天地之化育即是参与天地化育万物的过程以达到天与人的调谐。张载所著《西铭》是天人合一思想的典型表述。《西铭》的中心命题是：“天地之塞吾其体，天地之帅吾其性，民吾同胞，物吾与也。”意谓充塞于天地之间的气构成我和万物的形体；统帅气的变化的本性也即是我和万物的本性；人民是我的同胞兄弟，万物是我的伴侣。要而言之，中国的天人合一与西方近代所谓克服自然的思想是迥然有别的。天人合一的思想有助于保持生态的平衡。

3. 人格价值——中国古代哲学重视“为人之道”，强调人格的价值。《孝经》载孔子之言云：“天地之性人为贵。”孟子认为“人人有贵于己者”，谓之“良贵”。良贵即天赋的内在价值。荀子说：“水火有气而无生，草木有生而无知，禽兽有知而无义。人有气有生有知，亦且有义，故最为天下贵也。”孟子所谓“良贵”在于具有“仁义忠信”的道德自觉性，荀子以“有义”为人之所以为贵，也肯定了道德自觉性，由于肯定人具有内在价值，于是认为人应有人格尊严，认为人格是不可侮辱的。孟子提出“所欲有甚于生者”“所恶有甚于死者”。生命是宝贵的，但是还有比生命更宝贵的，即是人格的尊严。“所欲有甚于生者”即是保持人格的尊严；“所恶有甚于死者”即是人格的屈辱。孔子推崇“不降其志、不辱其身”，孟子宣扬“舍生取义”，都是强调保持人格的尊严，亦即保持人格的价值。“价值”是近代的名词，古代称之为“贵”。“人格”也是近代的名词，古代称之为“为人”，亦曰“人品”。我认为，中国哲学中关于人格价值的思想，在今日仍是具有重要意义的。

4. 以和为贵——西周末年的史伯即提出了“和”的观念，并加以明确的解释。史伯区别了和与同，认为“和实生物，同时不继”。并解释所谓和说：“以他平他之谓和”，不同的事物相互为他，以他平他即是会聚不同的事物而得其平衡，也即是多样性的统一。“和实生物”确实是一项非常深刻的思想。孔子亦主张“和而不同”。孔子弟子有若说：“礼之用，和为贵”，肯定了和的价值。孟子宣称：“天时不如地利，地利不如人和。”又说：“得道多助，失道寡助。”

“人和”即是团结合作，有“得道多助”的效果。“和”，今天一般称之为“和谐”。和，一方面是与“同”相对立的；另一方面是与“争”相对立的。张载论和与争的关系说：“有象斯有对，对必反其为；有反斯有仇，仇必和而解。”这是说，对立面之间必然相互斗争；斗争的结果，如果不是同归于尽，必然归于和解。这表现了儒家以和为贵的见解。

以上略说中国古代哲学中的精粹思想。中国古代哲学的缺失也是严重的。儒家不重视自然知识的价值，而认为等级差别是合理的，表现了严重的局限。道家对于等级制度持批评态度，是道家之所长。但道家不重视个人对于社会的义务，又失之一偏。墨家对于自然科学有贡献。可惜墨家的科学传统久已中绝，现在我们提倡科学，必须吸取西方自然科学的丰硕成果了。

我认为，中国哲学的基本精神今后必更加发扬。

三、中西哲学的融合

近代以来，随着西方自然科学的传入，西方近代哲学也逐渐传入中国。到了“五四”新文化运动时期，西方各派哲学更大量移译过来。杜威、罗素来华讲学，于是实用主义与新实在论分析哲学在中国发生了一定影响。二十年代后期，马克思主义唯物论哲学更受到青年学子的热烈欢迎。同时康德、黑格尔、叔本华、尼采的学说亦皆有一定影响。也有人专习希腊哲学。无产阶级革命家将马克思主义普遍真理与中国革命实际结合起来，从而取得了革命的胜利。

在哲学园地中，也出现了自成一家之言的思想家，熊十力著《新唯识论》，提出自己的与佛家唯识宗有所不同的新说。晚年更舍佛归儒，归宗“大易”。而实际上也受到柏格森生命哲学的影响。含有融会中西的倾向。冯友兰著《新理学》，声称是“接着程朱讲的，而不是照着程朱讲的”，实际上是程朱学说与新实在论的共相学说的结合。金岳霖受西方分析哲学思想训练较深，运用分析方法撰成《论道》，提出了自己的哲学本体论；又撰写《知识论》提出了自己的认识论学说。《论道》引用了一些中国古典哲学的概念范畴如“道”“太极”等，表现了中西哲学融合的精神。在主张唯物论的学者中，张申府提出将辩证唯物论与解析方法结合起来。同时贺麟主张将西方近代唯心论与陆王心学结合起来。这些思想也都表现了一定的特点。

中西哲学各有特色。中国哲学含有许多精旨深意，但缺乏形式上的条理系统，往往以粹言隽语表示出来，而缺乏精密的论证。西方哲学强调论证，条理缜密，而往往过于冗繁，其注重论证还是应该学习的。

西方近代哲学摆脱了中世纪经院哲学的束缚，提倡独立思考，因而取得了新颖的成就，虽然接受了希腊古哲的启发，而不为旧说所囿。这也是值得注意的。

今天研治哲学，从事于哲学思维，必须兼综中西哲学之所长，这是确定无疑的。我认为，新时代的中国哲学，在充分吸取西方哲学所达到的成就的同时，还应尽力继承发扬中国古典哲学中的精粹思想。

冯友兰绍述程朱，贺麟综述陆王，都各有所见。我认为中国近代哲学中最值得注意的是明清时代对程朱陆王持批评态度的思想家的学说。明清时代，亦即十六世纪十七世纪，中国没有出现像西方近代哲学家笛卡尔、洛克那样的学者，但也出现了一些具有批判意识的进步思想家，如明代后期的罗钦顺、王廷相，明清之际的黄宗羲、王夫之、颜元等。这些具有批判意识的思想家，各自在不同方面对于程朱或对于陆王提出的批评，在不同方面提出新的观点。如罗钦顺、王廷相、王夫之发展了唯物主义气本论，王廷相提出了对于唯心主义先验论的深切批判，黄宗羲提出了比较明显的民主思想，颜元提出了义利统一的观点等等。这些思想观点都可以说是先秦哲学中的精粹思想的进一步的发展，在一定程度上具有“启蒙”的意义。

四、新时代中国哲学思想的一与多

新时代的中国哲学必有一个主导思想，同时也要容许百家争鸣。百家争鸣是促进学术思想发展的正确方针。

中国的占主导地位的哲学思想应是具有中国特色的唯物论。亦即辩证唯物论与中国古典唯物论的结合，亦即马克思主义普遍真理与中国文化优秀传统的结合。

中国人民在唯物论的指导之下取得了革命的胜利；中国人民也只有在唯物论的指导之下取得社会主义建设的成功。

由于任何人都有其局限性，对于文化优秀传统与唯物论的理解难免各有所偏，所以，应允许对于唯物论的不同意见的存在。在唯物论哲学内部也应求同存异。

对于唯心论以及处于唯心唯物之间的二元论、多元论、生命哲学、实证主义等等，也应承认其独立思考的权利。宪法既已肯定了宗教信仰的自由，则唯心论的思想自由也必须予以承认了。学术与政治之间存在着一定的区别。

但是，在容许百家争鸣的条件下，仍应该确定一个主导思想，确定唯物论的主导地位。这可以说是思想中之“一”；在确立一个主导思想的条件下，容许不同思想的存在，这是思想中之“多”。多中有一，一多并存，相辅相成，这样才能促进思想学术的昌盛繁荣。

第二编　文化篇

世界文化与中国文化

文化或文明，是人类努力创造的结果之总和。由自然的演化而有人类，人类与自然之间却又存在矛盾。人类为了维持和提高其生活，必与自然斗争。在这斗争过程中，便逐渐创造了文化。斗争必由劳动，且必由集体的劳动，斗争的结果便改造了自然，同时亦改变了人类自身。文化是通过集体劳动而改造自然并改变人们自身的总成果。文化是人类为了满足欲望而进行斗争的结果。人类之所以贵于禽兽，其一即是能创造文化。文化的内容即思想、学术、艺术、制度、礼俗等。

各民族的文化不相同。不同的民族所处的地域不同，其生产力的发展之迟早缓速不同，故其所形成的文化亦不相同。地域不同是比较疏远的原因，生产力发展的程度不同是切近的原因。生产力的发展是文化发展的基础。只有把不同民族的社会生产力发展的情况弄清楚，才能深切地理解一个民族的文化。但是两个民族文化的不同，并不只是由于两个民族所有的生产力发达程度的不同，实亦受地域的因素的影响，即为其周围的自然状况所决定。有许多人认为两个民族的文化之不同，可以专从其生产力发展程度的不同来理解，这还没有看到现象的全面。两个生产力发展程度相同的民族，由于地域之不同，其文化虽大致相似而仍不相同，这从古代世界的各民族以及近世欧洲各国的历史可以看出。

一个民族的文化，如果不与较高的不同的文化相接触，便易走入衰落之途。然而虽衰，却因没有较高的文化来征服，亦不易即趋灭亡。一个民族的文化与较高的文化相接触，固然可以因受刺激而获得大进，但若缺乏独立自主精神，也有被征服被消灭的危险。

民族文化是资本主义社会及其以前的各历史阶段所有的。随着社会主义的到来，这种文化就会发生变化，劳动者阶级的革命，无疑地是要踏上克服民族文化差别的道路。社会主义文化是世界性的文化，然而世界性不是无民族性，在民族存在的限度内，不能有无民族性的文化。诚如列宁所说“国际的文化不是无民族的，谁也不曾要求纯粹的，不是波兰人的，也不是犹太人的，也不是俄罗斯人的文化”。一个民族的文化之中，且有所谓内部变异，世界文化岂得没有内部变异？在将来，将无有所谓东方文化与所谓西方文化的对立，但亦非无东西之殊。

文化是发展的。文化在发展的历程中必然有变革，而且有飞跃的变革。但是文化不仅是屡屡变革的历程，其发展亦有连续性和累积性。在文化变革之时，新的虽然否定了旧的，而新旧之间仍有一定的连续性。从根本上说，文化是不断地向前发展的，变革只是促使其前进。文化的发展可以说是一贯的发展。文化是向着一个大方向发展，在发展中常常改换小方向，而大方向是确定的。

凡此一切，都是符合辩证法的。

中国文化是世界中伟大的民族文化之一，是世界中伟大的独立发达的文化之一。以汉族为主的中国各民族，发挥其伟大的创造能力，在东亚的大陆上，独立地创造了自己的文化。

自汉至明，少数民族的贵族常给中原的汉民族以创伤，但终为中原的汉民族的较先进的文化所同化。现在，情况却大异往昔，中国遇到了外国资本主义的文化的侵略，而中国民族不特失其同化的力量，且有被同化的危险。但是，国内有一些人却对此缺乏认识，竟提倡全盘欧化，显然，这种主张是有害的。

我觉得，现在要仍照样保持中国的旧文化，那是不可能的，但西洋的资产阶级文化也到了将被否定的日子。社会主义的世界性的文化必然要到来，中国必将产生新文化而成为那世界性的社会主义文化的一部分。

现在，中国的旧文化既不能照样保持，那么，是否就要整个地将其取消呢？将其扫荡得干干净净呢？——不！只有不懂唯物辩证法的人，才会有这种主张。按照唯物辩证法的观点，一种文化中必然含有相互对立的成分，即好的或较有积极意义的和坏的或具有消极意义的成分，唯物辩证地对待文化，就应一方面否定后者，一方面肯定前者，并根据现实需要加以发挥、充实。中国的旧文化，也包含两部分：一是良好的健康的部分，它是中国旧文化之中可以算得对人类社会有贡献的部分；一是不好的病态的部分，它对中国社会产生了严重的消极影响。不过，应该看到：后者是由前者的流弊所造成，而前者又为后者所拖累而未能得到充分圆满的发展。

中国人如果不能认识出自己旧文化中的不好的病态部分，或不能认识出自己旧文化中的良好的健康部分，那就会造成对待文化问题的盲目性。中国人如果守旧不改，则无异于等着毁灭；如果妄自菲薄，以为百不如人，则难免有被外来侵略者征服的危险。中国人必须不自馁，赶快振奋起来，乐观地加入全世界创造新文化的工作。

资产阶级文化中有着“可以永列在人类财产簿上的要素”。其实，资产阶级文化以前各阶段的文化，也有些可以永列在人类财产簿上的要素，即有永久价值的永远不磨的东西。例如古希腊及罗马即是如此，中国亦然。中国的文化，其中有些堪以作为对人类社会有较大贡献的精粹。文化以生产力及社会关系的发展为基础。生产力发展到一新形态，社会关系改变，则文化必然变化。然而以前的文化之精粹可以在另一形态下保存着，或者经过一番更新而发展，却非完全归于澌灭。文化的发展是有累积性的。

上述具有不磨价值的文化元素，虽产生发育于一个民族的民族文化之中，却不只是一个民族的，在本质上是全人类的，它是对人类整个文化的贡献。到将来民族文化消灭之时，各民族文化中的优秀元素将被世界化；即使不能世界化，亦将被保持为世界文化内部变异中的某地方的特性。这样，民族文化的优秀元素，不仅不会随着民族文化的消灭而消灭，反而能得到世界化，这也是辩证的行程。

中国有为全世界、全人类保持并提供优秀文化的义务，有改造其旧文化使与世界文化相适应的责任。我们如果不主动地对旧文化进行改造，而待外人来强行改造，那就难免沦于奴隶地位。

中国旧文化有哪些优秀的东西？老实说，旧文化中好的东西与不好的东西比起来，在数量上差得远。一堆一堆的朽土之中，只有一些金刚石在发放光辉。文化，一般地说，实即“正德利用厚生”。东方文化与西方文化的差异，在于东方特重“正德”，而西方则特重“利用”。“厚生”是两方都重视的，不能厚生何以言文化？中国文化对全世界的贡献即在于注重“正德”，而“正德”的实际内容又在于“仁”的理论与实践。孔子谓仁即“己欲立而立人，己欲达而达人”，其意义就是与人共进，相爱以德。孟子更从人性及心理方面阐述仁，认为仁是人之所以为人的本性，仁原于不忍之心，即对于旁人痛苦的同情。以后儒家更以“成己成物”“民胞物与”言仁。“无终食之间违仁”，即无须臾之间离道，能如此，即达到人生之最高境界，而达到此境界即得至乐。从根本上说，仁是动的，是自强不息的。仁是在现实中体现理想，在日常生活中达到崇高的境界。中国古代哲人所苦心焦虑的就是如何使人们能有合理的生活，其结晶即仁。他们总觉得人必须“正德”，然后人生才有价值。中国人的生活基调即在于注重“正德”。这就是中国文化对全世界的特殊贡献。

中国的表现“正德”的“仁”的理论与实践，是有价值的，应有以发扬之，但亦不可死板地保持，而应随着现实情况的变化而有所发展。儒家讲仁，承认差等，即有保持等级以及阶级的倾向，显然，这是应当更改的。

中国文化的缺点实在太多，但这都将随着生产力的发展及新的社会关系之形成而消失，如大家庭制与旧礼教，以后必将变革。中国所最缺乏的是科学与团结力，必须向西洋学习。中国人因种种缘故，喜静恶动，追求宁静的安适，不追求运动的愉快；有些人甚至懒惰、萎靡，不肯振作，形成一种病态的样子，缺乏斗争的意志，更无斗争的力量。其所以如此，都是有其物质根源的。将来物质生活改变了，此种情形当然也会改变；但不能坐待物质生活之改变而有为，必须于此先有所变易。中国人应当养成勤奋的生活态度，不可再以安闲为乐和以变动为苦了。

中国旧文化的改造，同时就是新文化的创成，也可以说是中国文化的复兴。要使中国文化得到发展，必须对现在的社会进行批判。虽应认识旧文化中的优秀成分加以发扬，却决不可受传统思想的拘束而不勇于创新。

中国人的崇高理想迄未实现。中国人固有的崇高理想，考察起来，主要有三个：一是生活的合理，二是参赞化育，三是天下大同。中国人所做到的只是一部分哲人的生活符合自己所倡导的原则，其余的两个理想则未能实现，这是由于受生产力发展程度的限制。中国人要参赞化育，必须依靠科学；要实现天下大同，则舍社会主义别无途径。“能尽物之性则可以赞天地之化育，可以赞天地之化育则可以与天地参矣”，尽物之性是非由科学不可的。而欲“通天下之志”，“天下为公”，只有经过社会主义革命及建设，才能变理想为现实。

中国久以天下大同为理想，所以将来世界性的社会主义文化之创成，亦正是中国固有理想之实现。

目前，中国虽面临着空前的大危机，然而也是空前的大发展时期。现在的时代是资本主义濒危的时代，是被压迫阶级即将翻身的时代，亦是被压迫民族即将抬头的时代。在此时代，帝国主义是不可能灭亡别的国家了。中国处在半殖民地的地位，在能达到社会主义以前，长时期的混乱是必然的。帝国主义虽然破坏了中国旧的社会经济，但它却不允中国形成一个健全的资本主义国家，它只希望中国长期陷于混乱状态。此时中国应努力奋斗，坚定斗争的意志，加强斗争的力量。中国人切不可盲从着一部分外国人说“中华民族衰老了”，如果这样，那就等于说中国民族没有前途了。我认为，民族衰老之说并无科学根据，中华民族虽有若干衰弱之病，但仍保持很大的潜在活力，是能够转弱为强的。

中国文化本来是先进的，不料以后停滞了，落后了。在此时代，中国应由西方文化给予的刺激，而大大地发挥固有的创造力，创造出新的文化，使之在将来的世界文化中有重要的地位，作出新的贡献。

文化是最复赜的现象，文化问题只有用唯物辩证法对待，才能妥善地处理。列宁说：“在文化问题上，性急与皮相是最有害的。”这是我们应永远注意的名言。

【附识】这是我30年代初期所写关于文化问题的文章。当时我对文化问题很感兴趣，有自己的主张；一方面我反对“全盘西化”，另一方面我也反对所谓“发扬国粹”“读经复古”，认为应当运用唯物辩证法来分析文化问题。但文中对儒家“仁”的学说的评价，未免肤浅笼统，这是一个尚待深入钻研的理论问题。1984年5月记。

论中国文化的基本精神

中国文化即是中华民族的文化。

中华民族是由许多的民族（或称为种族）共同构成的一个整体。在长期的发展过程中，中国各族的文化相互交融，共同构成为丰富灿烂的中华民族文化。

从历史来看，不能不承认，汉族文化在中华民族文化的发展过程中居于主导的地位。汉族文化曾经对各兄弟民族的文化产生深刻的影响，但也吸取过各兄弟民族的文化成就。汉族和各兄弟民族，彼此之间有一个长期的文化交融的过程。

从世界范围来看，中国文化是一个独立发展的体系，有一个连续不断的发展过程。在这发展过程中，虽经常吸收外来文化的长处，但始终保持着自己的独立性，因而成为世界上一个独特的文化类型，影响及于国外，对于世界文化作出过巨大的贡献。

中国文化在几千年中，巍然独立，存在于世界东方，除了有一定的物质基础（物质生产的原因）之外，还有其一定的思想基础。这种思想基础，可以叫做中国文化的基本精神。

何谓精神？精神本是对形体而言，文化的基本精神应该是对文化的具体表现而言。就字源来讲，精是细微之义，神是能动的作用之义。文化的基本精神就是文化发展过程中的精微的内在动力，也即是指导民族文化不断前进的基本思想。

斯大林在《马克思主义和民族问题》中曾经指出："还必须注意到结合成一个民族的人们在精神形态上的特点。各个民族之所以不同，不仅在于他们的生活条件不同，而且在于表现在民族文化特点上的精神形态不同。"（《斯大林全集》第2卷第294页）中国文化的基本精神也就是中华民族在精神形态上的基本特点。

近代以来，由于中国受帝国主义的欺凌，由于反动统治者的腐败无能，由于中国沦为半殖民地，人们特别注意考察中国旧有的思想意识中的消极衰朽的方面，注意考察旧有思想意识中的陈腐萎靡的病态。这当然是必要的。对于这些缺点、病态，必须有清醒的认识，坚决地加以改革。但是，如果中国文化仅仅是一些缺点、病态的堆积，那末，中华民族就只有衰亡之一途了。过去，一些帝国主义正是以此对中国进行恶毒的攻击。我们在严正地予以反驳的同时，应当注意考察传统文化中所包含的积极的健康的要素，深切地认识到中国传统文化中具有指导作用的推动历史前进的精神力量。

中国文化有五千年的历史，中华人民共和国成立以后，文化又获得了新生，进入了中华民族文化发展的新阶段。中国文化能够历久不衰，虽衰而复盛的情况，证明了中国文化中一定有不少积极的具有生命力的精粹内容。

中国文化的基本精神是什么呢？指导中国文化不断前进的基本思想是什么呢？这里试举出四点：（1）刚健有为；（2）和与中；

(3) 崇德利用；(4) 天人协调。我认为这些就是中国传统文化的基本精神之所在，略说如下。

一、刚健有为

《周易大传》提出“刚健”的学说，《彖传》说：“需，须也，险在前也。刚健而不陷，其义不困穷矣。”又云：“大有，其德刚健而文明，应乎天而时行。”又云：“大畜，刚健笃实辉光，日新其德。”这些都是赞扬“刚健”的品德。《说卦》云：“乾，健也，坤，顺也。”健是阳气的本性，顺是阴气的本性。在二者之中，阳健居于主导的地位。《象传》说：“天行健，君子以自强不息。”天体运行，永无已时，故称为健。健含有主动性、能动性以及刚强不屈之义。君子法天，故应自强不息。《周易大传》强调“刚健”，主张“自强不息”，这是有深刻意义的精粹思想。

从汉代到清代，二千年之中，《周易大传》被认为是孔子的著作，它是以孔子手著的名义产生影响的。所以，“自强不息”的思想在历史上曾对很多知识分子起过激励的作用。事实上，《周易大传》并非孔子所著，“刚健”之说应是战国时代儒家中讲《易》的学者提出来的。“刚健”虽不是孔子提出的，但孔子确实比较重视“刚”，《论语》记载：“子曰：吾未见刚者。或对曰：申枨。子曰：枨也欲，焉得刚？”(《公冶长》)郑玄注云：“刚谓强志不屈挠。”《论语》又载孔子云：“刚毅木讷近仁。”(《子路》)可见孔子肯定“刚”是有价值的品德。《周易大传》的刚健之说实渊源于孔子。

孟子鄙视“以顺为正”，提出“富贵不能淫，贫贱不能移，威武不能屈”的生活准则。《孟子》记载：“景春曰：‘公孙衍、张仪，岂不诚大丈夫哉？一怒而诸侯惧，安居而天下熄。’孟子曰：是焉得为大丈夫乎？子未学礼乎？丈夫之冠也，父命之，女子之嫁也，母命之。往送之门，戒之曰：往之汝家，必敬必戒，无违夫子！以顺为正者，妾妇之道也。居天下之广居，立天下之正位，行天下之大道，得志，与民由之，不得志，独行其道。富贵不能淫，贫贱不能移，威武不能屈，此之谓大丈夫。”（《滕文公下》）大丈夫应有独立的人格，遵守一定的准则，不屈服于外在的压力。孟子这种见解与《周易大传》的刚健思想有一致之处。孔子重“刚”，老子则贵“柔”，两说相反，都有深远的影响。老子提出“无为”说，孔子也尝赞美无为的政治，但孔子认为在日常生活中应该有为。他说：“饱食终日，无所用心，难矣哉！不能博弈者乎？为之，犹贤乎已。”（《阳货》）孔子自称“为之不厌，诲人不倦”（《述而》），“发愤忘食，乐以忘忧。”（同上）他坚决主张有所作为，表现了“自强不息”的精神。

宋代周敦颐受道家影响，提出“主静”之说，在宋、明时代，影响很大。到明、清之际，王夫之重新肯定了《周易大传》的刚健学说。王夫之说：“圣人尽人道而合天德。合天德者，健以存生之理；尽人道者，动以顺生之几。”（《周易外传·无妄》）又说：“惟君子积刚以固其德，而不懈于动。”（《周易内传·大壮》）王夫之有力地宣扬了“健”与“动”的学说。

《周易大传》关于“刚健”和“自强不息”的思想，在历史上起了一定的推动中国文化向前发展的积极作用，而道家和部分宋儒的“柔静”学说，则是“刚健”思想的一种补充，两者相互对峙，相互引发，构成了中国传统文化的独特面貌。

二、和与中

西周末年至春秋时期，有所谓“和同”之辨。“同”是简单的同一，“和”是众多不同事物之间的谐和。《国语·郑语》记载西周末年史伯的言论说：“夫和实生物，同则不继。以他平他谓之和，故能丰长而物生之。若以同裨同，尽乃弃矣。……于是乎先王聘后于异姓，求财于有方，择臣取谏工，而讲以多物。”史伯区别“和”与“同”，“以他平他谓之和”，意谓聚集不同的事物而得其平衡，叫作和，这样就能产生新事物，所以说“和实生物”；“以同裨同”，即把相同的事物加起来，那是不能产生新事物的。《左传》昭公二十年记载晏子论和同的区别说：“和如羹焉，水、火、醯、醢、盐、梅，以烹鱼、肉、燀之以薪，宰夫和之，齐之以味，济其不及，以泄其过。君子食之，以平其心。君、臣亦然，君所谓可，而有否焉；臣献其否，以成其可。君所谓否，而有可焉，臣献其可，以去其否，是以政平而不干。……若以水济水，谁能食之？若琴瑟之专一，谁能听之？同之不可也如是。”这所谓和，也是聚集不同的事物而得其平衡。君、臣之间，臣能提出不同的意见，君能容纳不同的意见，然后可称为和。史伯、晏子关于和同的思想，一是要求多样，二是要求平衡。这是一种促进文化发展的思想。

孔子也区别了和与同，他说："君子和而不同，小人同而不和。"(《论语·子路》)看来孔子是同意晏子关于和同区别的言论的。孔子对于和、同之辩未多讲，而提出了"中庸"的观念。后来孔子之孙子思作《中庸篇》，对中庸观念作了进一步的发挥。于是中庸观念在中国文化史上产生了巨大而深远的影响。由于后来的思想家对中庸有不同的理解，因而中庸观念在中国文化史上的影响也不是单纯的。

孔子说："中庸之为德也，其至矣乎！民鲜久矣。"(《论语·雍也》)对于中庸的含义未加说明。《中庸篇》云："君子中庸，小人反中庸。君子之中庸也，君子而时中；小人之反中庸也，小人而无忌惮也。"又云："舜其大知也与，……执其两端，用其中于民，其斯以为舜乎！"这里以"时中""用中"来解说中庸，时中即随时处中，依条件的不同随时选取适当的标准。用中即不陷于某一极端，随情况的不同而采取确当的方法。

从汉至宋，经学家对于中庸有不同解释。郑玄诠释《中庸篇》的题义云："名曰中庸者，以其记中和之为用也。"(《礼记疏》)引《郑目录》这是认为中庸指中的运用。程颐诠释中庸云："不偏之谓中，不易之谓庸。"（朱熹《中庸章句》引）这是把中庸看成固定的原则。郑玄的解释是比较符合原意的。

中庸思想的主要涵义是：在事物的发展过程中，对于实现一定的目的来说，有一个一定的标准，达到这个标准就可以实现这个目的，否则就不可能实现这个目的。没有达到这个标准叫作不及，超过了这个标准叫作过。如果超过了这个标准，就不可能实现原来的目的，而会转变到原来目的的反面。所谓"中庸之为德"就是经常遵守一定的标准，既不过，亦不是不及，这是中庸的品德。有些事情，确有一个适当的标准，例如饮、食卫生一类的事情，确有一个适度的问题，这个度在过与不及之间。但是社会的变革，在一定条件下，需要打破原来的标准，这样才能取得更大的发展；如果固守原来的标准，就会陷于停滞不前了。中庸思想在中国文化史上有两方面的作用：第一，保证了民族文化发展的稳定性，反对过度的破坏活动，使文化发展不致中断；第二，对于根本性的变革又起了一定的阻碍作用。

三、崇德利用

春秋时代有“三事”之说。《左传》文公七年记载晋国贵族郤缺的言论说：“正德、利用、厚生，谓之三事。”正德，端正品德；利用，便利器用（用指工具器物之类）；厚生，丰富生活。正德是提高精神生活，利用、厚生是提高物质生活。《左传》成公十六年记载楚国申叔时之言云：“民生厚而德正，用利而事节。”又襄公二十八年记齐国晏婴之言云：“夫民，生厚而用利，于是乎正德以幅之。”生活丰厚，器用便利，然后端正德行加以节制。幅是节制之义。晋、楚、齐三国的贵族都谈到正德、利用、厚生，可见这是当时比较流行的思想。“三事”之说兼重物质生活和精神生活，是比较全面的观点。

《周易大传》中讲到“崇德”与“利用”的关系问题，《系辞下传》说：“精义入神，以致用也。利用安身，以崇德也。过此以往，未之或知也，穷神知化，德之盛也。”（朱熹《本义》解释说：“精研其义，至于入神，……然乃所以为出而致用之本；利其施用，无适不安，……然乃所以为入而崇德之资。……至于穷神知化，乃德盛仁熟而自致耳。”）义指事物的规律，神指微妙的变化。精研事物的规律，以至于理解深微的变化，是为了实用；便利实际运用，是为了提高道德；而道德提高了，就更能对微妙的变化有更深入的理解了。《周易大传》既重“崇德”，又重“利用”，也是比较全面的观点。

春秋时代的“三事”之说，兼重精神生活与物质生活，是比较全面的正确观点。儒家特重“正德”“崇德”，而对“利用”“厚生”的问题则研究得不多。道家反对“利用”，也不赞成“厚生”，这对文化的发展产生了一定的消极影响。但历代都有一些自然科学家，对“利用厚生”的实际问题进行过切实的研究，从而促进了文化的发展。

“正德、利用、厚生”，“崇德、利用”的思想，虽然秦、汉以后在理论上没有得到进一步的发挥，但确实是中国文化史上一个重要的指导思想。

四、天人协调

天、人关系问题，亦即人与自然的关系问题，是中国传统哲学的一个根本问题，也是文化方向的基本问题。在中国古代哲学中，关于人与自然的关系，有三种学说。庄子主张因任自然，“不以人助天”（《庄子·大宗师》），“无以人灭天”（同上书《秋水》）。荀子主张改造自然，“大天而思之，孰与物畜而制之？从天而颂之，孰与制天命而用之？”（《荀子·天论》）而最重要的是《周易大传》的“辅相天地”的学说。《象传》说：“天地交泰，后以裁成天地之道，辅相天地之宜，以左右民。”所谓裁成、辅相，亦即加以调整辅助。《系辞上传》说：“范围天地之化而不过，曲成万物而不遗。”范围亦即裁成之义，曲成亦即辅相之义。《文言》说：“夫大人者，与天地合其德，与日月合其明，与四时合其序，与鬼神合其吉凶。先天而天弗违，后天而奉天时。”此所谓先天，即引导自然；此所谓后天，即随顺自然。在自然变化未萌之先加以引导，在自然变化既成之后注意适应，做到天不违人，人亦不违天，即天、人相互协调。这是中国古代哲学的最高理想，亦即中国传统文化的基本道路。《周易大传》在历史上是以孔子手著的名义产生影响的，所以这种天、人协调的思想在中国文化史上居于主导地位。

王夫之提出“相天”之说，他说：“语相天之大业，则必举而归之于圣人。……人弗敢以圣自尸，抑岂同禽、鱼之化哉？……故天之所死，犹将生之；天之所愚，犹将哲之；天之所无，犹将有之；天之所乱，犹将治之。”（《续春秋左氏传博议》）传统的观点以为“相天”是圣人的大业，普通人虽非圣人，但也与禽、鱼等动物有所不同。增加自然所没有的，改变自然所已有的，这是人的作用。王夫之的“相天”之说，是对古代“裁成、辅相”天地的思想的发挥。

人与自然的关系问题，直至今日，仍然是必须认真对待的问题。

近代西方强调克服自己，战胜自然，确实取得了重大的成就。但是，如果不注意生态平衡，也会受到自然的惩罚。改造自然是必要的，而破坏自然则必自食苦果。中国传统的天人协调的观点，确实有重要的理论价值。

文化是受生产方式决定的，周、秦至明、清的文化，基本上是封建文化。西方中世纪文化，也是封建文化。中、西的封建文化，彼此很不相同。中国封建时代的文化确实有很高的成就。到了近代，中国文化，较之西方，却相形见绌，远远落后了。中国的传统文化，确有消极的病态的一面，但也有积极的健康的一面，识别中国民族文化中的优良传统，对于树立民族的自信心和自尊心，是非常必要的。

中华民族自古以来，还有一个维护民族独立，为“报国”而献身的优良传统。孔子称赞管仲，“微管仲，吾其被发左衽矣”。从此以后，维护民族的尊严，保卫民族文化，便成为一个根深蒂固的信念。在历史上，汉族和少数民族有一个相互竞争、相互融合的过程，经历了曲折的道路。在各族中，都有许多为国家为本族而献身的志士仁人，表现了复杂的情况。例如宋、元之际，文天祥宁死不屈，发扬了民族的正气，起了激励人心的巨大作用。许衡把南宋的学术传播到北方，也对于中国文化的发展有重要意义。这都是不能用简单化的办法随意抹煞的。

中华民族还有一个善于吸收外来文化成就藉以提高自己的理论水平的优良传统。佛教的输入和流传，表明了中国人民对待外来文化的态度。佛教在中国流传之后，一部分中国佛教徒把佛教教义中国化了，做出了自己的理论贡献；而儒家学者在批判佛教的过程中，充实了传统儒学的思想，提高了理论思维的水平，使中国的固有学术放出新的光彩。中华民族善于吸收外来文化，又保持了自己的文化的独立性，从而对世界文化作出了独特的贡献。

五四运动展开了对传统文化的批判，这对于除旧布新，起了巨大的推动作用。中华人民共和国的成立，使中国历史进入社会主义的新时代，不但要批判封建文化，也要批判资产阶级的文化，我们的任务是建设社会主义的新文化。社会主义文化不是凭空产生的，我们必须尊重历史，对过去各时代的文化，批判地加以总结，这样才有利于社会主义新文化的发展。中国的社会主义文化一定要有中国的特点。清理传统文化的复杂内容，区别其中的精华和糟粕，肃清一切陈腐、庸俗思想的流毒，充分认识在历史上起过积极作用的文化遗产，并加以改造提高，这是我们今天的一项重要任务。

中国文化与中国哲学

一、哲学是文化的思想基础

文化的范围很广，包括哲学、科学、文学、艺术、宗教、教育、风俗等。哲学是文化的核心，是在文化整体中起主导作用的。科学、文学、艺术、教育等莫不受哲学思想的引导和影响。

文化有时代性（历史性），也有民族性。每一民族都有“表现在共同文化上的共同心理素质”（斯大林《马克思主义与民族问题》）。

一个民族的“共同心理”是怎样形成的？应是在占统治地位的哲学思想的熏陶之下形成的。所谓“共同心理”的基本内容是占主导地位的世界观和价值观。

二、中国哲学主要学派的分合与消长

先秦时代，主要有六家：儒、墨、道、法、名、阴阳。其中最重要的是儒、墨、道三家。名家资料散失，法家主要是政治思想，阴阳家也仅有片断资料。儒墨并称显学。道家是隐士思想，虽非显学，而影响广远。

儒家尚“仁”贵“中”，“仁”的本义是承认别人也是人，是古代人道主义的开端。“仁”又是差等之爱，承认等级差别。“中”反对“过”与“不及”，承认事物的发展有一个适度的问题。“中”要求维持现有制度，具有保守倾向。但在日常生活中，在一定范围内，确定“中”还是必要的。

墨家提出“兼爱”“尚贤”等十大主张，其中最突出的是“非命”“非乐”。墨家的特点是尚“力”，贵“用”。尚力，故非命。贵用，故非乐。在阶级社会，人们不能掌握自己的命运，所以非命之说很难被人接受。非乐，完全否定艺术的价值，既不符合统治者的要求，亦不能满足劳动者的愿望。虽然如此，墨家“尚力贵用”的思想，仍有一定的价值。

道家提出自然主义（自然主义一词，混淆了唯物主义与唯心主义的界限，但在一定范围内，还是可用的），对于本体论有重大贡献。但是道家的消极无为思想，虽然有批判专制制度的意义，而无助于保卫国家主权、维护民族独立。道家反对知识文化，宣称“文灭质、博溺心”，但事实上却比较注意探索自然规律。

汉代罢黜百家，独尊儒术，于是诸子之学转入两汉经学。从两汉到明清，儒学虽有盛衰，但始终居于统治地位，而道家思想亦流传不绝。从两汉到明清，中国哲学思想的基本形势是儒道交融，墨学中绝。墨家“尚力贵用”的精旨湮没不彰。汉末佛教输入，后来流传渐广，到隋唐时代，形成儒佛争胜、三教鼎立的形势，亦出现三教合流的趋向。中国的佛教徒接受中国固有思想的影响创立了中国佛学。儒家学者也吸取了道家、佛教的若干观点。到宋代，理学继承、宣扬孔孟的基本思想，采纳了道家、佛教的若干思想资料，开辟了儒家的新阶段。明清之际的进步思想家又突破了理学的局限，达到中国古典哲学的高峰。

到近代，西学输入，进步思想家开始接受西方的自然科学知识与哲学观点。顽固派则盲目守旧，拒绝新知。这样，出现了新旧对立、中西争胜的形势。大势所趋，新学终于战胜旧学。随着革命形势的发展，马克思主义哲学的传播日益深入人心。三十年代也有部分学者企图建立融会中西的体系。中华人民共和国成立，马克思主义哲学取得领导地位。现在的任务是研究新情况、解决新问题。在马克思主义普遍真理的指导之下，进一步推动哲学的发展。

三、中国哲学的基本观点与基本倾向

中国哲学有一些基本观点，表现了一些基本倾向。

1. 天人合一与天人交胜

孟子讲：尽心、知性、知天（《孟子·尽心》），这是天人合一观点的开端，但孟子没有直接提出天人合一。

孟子认为性的内容就是“恻隐之心、羞恶之心、辞让之心、是非之心”，所以尽心就能知性。孟子以为“心之官则思，思则得之，不思则不得也，此天之所与我者”（《孟子·告子上》）。心性是天所赋予，所以知性也就知天。孟子此说，简而未明。

《易传》提出“与天地合德”的理想：“夫大人者，与天地合其德，与日月合其明，与四时合其序，与鬼神合其吉凶，先天而天弗违，后天而奉天时。”（《乾卦·文言》）又提出“后以裁成天地之道、辅相天地之宜”（《泰卦·象传》）及“范围天地之化而不过，曲成万物而不遗”（《系辞上》）的原则，有重要的理论意义。

荀子强调“明于天人之分”（《天论》），以为“天有其时，地有其财，人有其治，夫是之谓能参。舍其所以参而愿其所参，则惑矣”。（同上）但是荀子也不否认天与人的联系，认为“礼有三本：天地者生之本也，先祖者类之本也，君师者治之本也”（《礼论》）。

董仲舒宣扬“天人感应”“人副天数”，讲“天亦有喜怒之气，哀乐之心，与人相副。以类合之，天人一也。”（《春秋繁露·阴阳义》）这是天人合一的粗陋形式。

王充全面批判了“天人感应”思想，断言：“天本而人末也”，“天至高大，人至卑小”。（《论衡·变动》）天与人是不能相提并论的。唐代刘禹锡进一步批判天人感应，提出“天与人交相胜”的学说，以为“天之道在生植，其用在强弱；人之道在法制，其用在是非”。强者胜弱，“力雄相长”，是“天之能”；建立规范，“右贤尚功”，是“人之能”。（《天论》）刘禹锡比较明确地肯定了自然规律与人类道德的区别。

到宋代，天人合一思想得到进一步的发展。张载明确提出了“天人合一”的命题，但也承认天之道与人之道有分别。张载强调

"天人合一"，旨在批判佛教，他认为佛教"以人生为幻妄，以有为为疣赘，以世界为荫浊"，是根本错误的，"以人生为妄，可谓知人乎？天人一物，辄生取舍，可谓知天乎？"（《正蒙·乾称》）天和人都是实在的，"天地之塞吾其体，天地之帅吾其性"。(《西铭》) 充满于天地之间的气，构成了我的身体；作为气的统帅的天地之性也即是我的本性。天与人是统一的。张载亦承认天与人的分别："老子言'天地不仁，以万物为刍狗'，此是也。'圣人不仁，以百姓为刍狗'，此则异矣。圣人岂有不仁？所患者不仁也。……鼓万物而不与圣人同忧，则于是分出天人之道。……圣人所以有忧者，圣人之仁也。不可以忧言者，天也。盖圣人成能，所以异于天地。"（《横渠易说·系辞上》）天是"鼓万物而不与圣人同忧"的，人则不能无忧；天地可以说"不仁"，圣人则以仁为最高规范。

程颢以"与物同体"讲天人合一，他说："学者须先识仁，仁者浑然与物同体，……天地之用皆我之用。"（《程氏遗书》卷二上）"医书言手足痿痹为不仁，此言最善名状。仁者以天地万物为一体，莫非己也，认得为己，何所不至？若不有诸己，自不与己相干，如手足不仁，气已不贯，皆不属己，故博施济众，乃圣之功用。"（同上）天地万物和我属于一体，如果不认识天地万物与自己属于一体，就是麻木不仁。程颢又说："人与天地一物也，而人特自小之，何耶？"（同上书卷十一）不承认万物一体就是"自小"。

程颐不讲"与物同体"，而强调天道人道的同一性，他说："道未始有天人之别，但在天则为天道，在地则为地道，在人则为人道。"（《程氏遗书》卷二十二上）南宋以后，朱熹继承程颐的观点，王守仁继承程颢的观点，王夫之继承张载的观点。程朱、王守仁属于唯心主义，张载、王夫之则是唯物主义，但都肯定天人合一。就中张载、王夫之也承认天人的区别，他们的基本观点是天人既统一而又有别的。

中国哲学中天人合一观点有复杂的涵义，主要包含两层意义，第一层意义是，人是天地生成的，人的生活服从自然界的普遍规律。第二层意义是，自然界的普遍规律和人类道德的最高原则是一而二、二而一的。这第一层意义是正确的，而第二层意义混淆了事物的层次区别，是不正确的。近代西方有一种流行的观点，认为原始人没有把自己与自然界区别开来，后来文明进步，人们才将人和自然界区别开来，这标志着人的自觉。可能有人认为原始人的意识表现了天人合一观点。应该指出，如果把中国哲学所谓天人合一看作是一种没有达到人的自觉的思想，那就大错特错了。应该承认，原始人不分人与自然，是原始思想，后来区分了人与自然，是原始思想的否定，而中国哲学所谓天人合一，则是否定之否定。张载以天人合一批判佛学，程颢强调“人与天地一物也，而人特自小之，何耶?”这些都明确表明，中国哲学家认为肯定天人合一才达到人的自觉，这可谓高一级的自觉。把人与自然界区别开，是人的初步自觉；认识到人与自然界既有区别也有统一的关系，才是高度的自觉。

2. 知行合一与知行相资

中国哲学有一个基本要求，即认识与行为、思想与生活必须相互符合、相互一致。孔子说：“知之者不如好之者，好之者不如乐之者”。(《论语·雍也》)不但要知之，而且要好之，乐之。乐之即实行所知而感到一种乐趣。孔子又说：“笃信好学，守死善道。”（同上书《泰伯》)既要好学求知，又要坚持真理，“宁为善而死，不为恶而生”（皇侃《疏》)。孟子一方面要求知道，另一方面更要求行道，他说：“行之而不著焉，习矣而不察焉，终身由之而不知其道者众也。”（《孟子·尽心上》)又说：“居天下之广居，立天下之正位，行天下之大道，得志与民由之，不得志独行其道。”（同上书《滕文公下》)有些原则是任何人所不能违背的，但许多人并不自觉。有些原则是一般人不易做到的，更须坚持实行。荀子论知行的轻重说：“闻之不若见之，见之不若知之，知之不若行之。学至于行之而止矣。行之，明也。明之为圣人。”（《荀子·儒效》)唯有实行，才能达到“明”的境界。

程颢、程颐肯定知对于行的指导作用。程颢说：“学者须先识仁。……识得此理，以诚敬存之而已。”（《程氏遗书》卷二上）从事仁的修养，须先“识得此理”。程颐说：“须是知得了，方能乐得，故人力行先须要知。”(《程氏遗书》卷十八）又说：“除非烛理明，自然乐循理。”(同上）二程更认为最高的认识和最高的精神境界是一致的，理论学说应是精神境界的表述。《程氏遗书》中“二先生语”云：“有有德之言，有造道之言，有述事之言。有德者止言已分事。造道之言，如颜子言孔子，孟子言尧舜，止是造道之深，所见如是。”（卷二上）又载程颐说：“有有德之言，有造道之言。有德之言，说自己事，如圣人言圣人事也。造道之言，则知足以知此，如贤人说圣人事也。”（卷十八）有德之言即是修养境界的宣述，表达了最高的认识，也显示出知行的高度统一。

王守仁提出“知行合一”之说，他所谓知行合一，其涵义比较复杂而含混，既含有知行相互依存的意义，又有混淆知行界限的倾向。王夫之批评王守仁所谓知行合一，指出那是“销知以归知”“以知为行”（《尚书引义》卷三）。这个批评是相当深刻的，但是王守仁讲所谓知行合一之时也还强调知行的相互依存。王夫之提出“知行相资”的命题，比较明确地说明了知行相互依存、相互转化的关系。知行合一，如果加以正确的解释，还是可讲的。

在中国哲学中，天人合一与知行合一的观点占有主导地位，这对于中国文化的发展有广泛的影响。讲天人合一，于是重视人与自然的调谐与平衡，这有利于保持生态平衡，但比较忽视改造自然的努力。讲知行合一，而所谓行主要是道德履践，于是所谓知也就主要是道德认识，从而比较忽视对于自然界的探索。这其间的复杂关系值得我们进一步研究。

3. 中国哲学的价值观

中国哲学学说中与文化发展关系最密切的是价值观思想。古代哲学中，儒、墨、道、法各家都有自己的价值观，可惜多年以来中国哲学史研究中对于价值观思想论述较少。儒家“义以为上”，把道德看作最有价值的，同时又肯定人的价值，宣称“天地之性人为贵”。墨家比较重视功用，把道德与功用结合起来。道家否认一切人为的价值，以自然而然为最高价值。法家专讲富国强兵，完全否定道德文化的价值。

价值观的争论集中在两个问题上，一为义与利的问题，二为力与德的问题。

孔子主张“义以为上”（《论语·阳货》），要求“见利思义”（同上《宪问》），认为道德才是最高价值，但也不是完全排斥利，在重义的同时，也要求“因民之所利而利之”（同上《尧曰》）。孟子肯定生命和道德都是有价值的，“生亦我所欲也，义亦我所欲也”，但是，如“二者不可得兼”，则应“舍生而取义者也”。（《孟子·告子上》）孟子把“利”与“仁义”对立起来（《梁惠王上》），把“为利”与“为善”对立起来（《尽心上》）。董仲舒提出“正其谊不谋其利”的命题，明确地表达了儒家的观点。宋代二程、朱、陆都强调“义利之辨”。所谓义利之辨有两层涵义，一是反对私利，二是肯定道德理想才具有最高的价值。孔孟所反对的利都是指私利而言，所谓“上下交征利，而国危矣”（《孟子·梁惠王上》）。但又认为公利也还不是最高价值，最高价值是道德理想的实现。这也就是说，人们不但有物质利益，而且有精神要求，提高精神境界才是最重要的。

墨家肯定公利就是最高价值，强调“国家百姓人民之利”（《墨子·非命上》）。墨家肯定义利是统一的，《墨子·经上》云：“义，利也。”同书《大取》云：“义利，不义害。”国家百姓人民之利就是最高价值，就是道德的最高准则。墨家所谓利指公利而言。

后来儒家中也有肯定义利的统一的。如宋张载说，“义公天下之利”（《正蒙·大易》）。清初颜元改董仲舒“正其谊不谋其利”为“正其谊以谋其利”（《四书正误》），强调必须兼重义利。

义利问题包含个人利益与社会利益，物质需要与精神需要的关系问题。

力与德也是一个重要问题，儒家把力与德对立起来，孔子说："骥不称其力，称其德也。"(《论语·宪问》)骥是千里马，日行千里是其力，孔子以为骥的价值更在于性情善良。孟子区别了"以力服人"与"以德服人"，认为"以力假仁者霸，霸必有大国；以德服人者王，王不待大。"(《孟子·公孙丑上》)儒家忽视力的价值。

墨子强调力的重要，认为人类生活的特点是"赖其力者生，不赖其力者不生"(《墨子·非乐上》)，必须用力才能维持生活。墨子把力与命对立起来，他说："昔桀之所乱，汤治之；纣之所乱，武王治之。……天下之治也，汤武之力也；天下之乱也，桀纣之罪也。若以此观之，夫安危治乱，存乎上之为政也，则夫岂可谓有命哉？……今贤良之人，尊贤而好道术，……遂得光誉令闻于天下，亦岂以为其命哉？又以为其力也。"(同上《非命中》)墨家认为力与命是对立的，而力与德是统一的。

法家韩非以为崇德尚力因时代而不同，"上古竞于道德，中世逐于智谋，当今争于气力"。(《韩非子·五蠹》)上古时代讲道德就可以解决问题了，到战国时代只有靠力量战胜别人。韩非的观点与孟子相反，但也把德与力对立起来。

王充批评韩非的"偏驳"，提出德力并重的观点："治国之道所养有二，一曰养德，二曰养力。养德者养名高之人，以示能敬贤；养力者养气力之士，以明能用兵。此所谓文武张设，德力具足者也。事或可以德怀，或可以力摧，外以德自立，内以力自备。……夫德不可独任以治国，力不可直任以御敌也。”（《论衡·非韩》）王充关于德力问题的观点是深刻的、全面的。

儒家崇德轻力的思想影响深远，墨家王充德力并重的观点没有引起足够的重视。西方有所谓“力之崇拜”，在中国则无其痕迹，这也是中西文化的相异之点。

四、中国文化的基本精神与主要缺点

中华民族屹立于世界东方五千年，创造了中国文化。中国文化虽然经历了盛衰变迁，但始终延续不绝。这就足以证明，中国文化必然有其优秀传统。从十六世纪十七世纪以来，中国的科学技术落后了，中国没有能够自己创造出近代实证科学。这也足以证明，中国文化具有一定的缺点。中国文化在近代的落后有其经济、政治的原因，也必然有其思想根源。中国文化的基本精神如何？其主要缺点何在？这都是值得研究的问题。

1. 刚健自强的基本精神

过去有一种观点，认为中国文化是柔静的文化。应该指出，这是从表面看问题。道家宣扬柔静，老子“贵柔”，周敦颐提倡“主静”，固然都有一定影响，但这不是中国文化的主流。仅仅推崇“柔静”，是不可能创造出灿烂的文化业绩的。作为中国文化的基本精神的，应是刚健有为、自强不息的思想态度。孔子重视“刚”，他的生活态度是“为之不厌”（《论语·述而》），“发愤忘食，乐以忘忧”

(同上)，这是一种积极有为的态度。孔子的这些思想，《易传》有进一步的发展。《象传》提出“刚健”观念，赞扬刚健精神，“刚健而文明”(《大有》)，“刚健笃实辉光”(《大畜》)。《易传》提出“自强不息”的原则：“天行健，君子以自强不息”。(《乾卦》)《易传》倡导的“自强不息”精神在中国历史上产生了深远的影响，激励着古往今来进步的政治家、思想家、科学家奋勇前进。现在多数哲学史工作者都认为《易传》是战国时期的作品，但在历史上，从两汉以至近代，多数学者认为《易传》是孔子撰写的著作，所以“刚健”学说是以孔子的名义在历史上起作用的，成为中国文化发展的一个重要原则。

儒家的刚健思想与道家的柔静思想并行对峙，但刚健思想占有主导地位。王弼注《易》，以老解孔，释《复卦》“复其见天地之心乎”说：“凡动息则静，静非对动者也，语息则默，默非对语者也，然则天地虽大，富有万物，雷动风行，运化万变，寂然至无，是其本矣。”这把寂静看作绝对的。程颐注《易》，矫正王弼的观点，他说：“一阳复于下，乃天地生物之心也。先儒皆以静为见天地之心，盖不知动之端乃天地之心也。非知道者，孰能识之?”(《周易程氏传》)这肯定了动的重要性。

墨家的生活态度比儒家更积极，“日夜不休，以自苦为极”(《庄子·天下》)。墨家的苦行主义难以普遍推广，汉代以后，墨学中绝了。在中国文化发展中起主导的还是孔学。到了近代，孔学也过时了。

2. 以德育代替宗教的优良传统

孔子学说还有一个精湛的观点，即“务民之义，敬鬼神而远之，可谓知矣”（《论语·雍也》）。这可以说是以道德教育代替宗教。《论语》又载：“季路：问事鬼神，子曰：未能事人，焉能事鬼？敢问死！曰：未知生，焉知死？”（《先进》）“事人”“知生”是道德修养问题，“事鬼”“知死”是宗教家的问题。孔子不愿谈论鬼神和死后的问题，显示了对于宗教的冷淡态度。孔子以后，孟荀以至宋儒都继承了孔子的这种观点，从而形成了中国传统文化的一个特点。

3. 德力分离的不良倾向

孔子鼓吹道德教育，但不能认识德与力是相辅相成的。墨家强调“竭力从事”（《墨子·天志上》），把“力”看作实行道德的一个条件。在这一问题上，墨家是正确的。墨学中绝，墨家尚力的学说没有得到发展。中国传统文化，偏重道德的提高，忽视力量的培养。事实上，物质生活与精神生活是相成互济的，如果物质力量虚弱不实，精神境界也就难以提高。以力压人，以势凌人，是不文明的现象。没有物质基础的道德说教也是起不了实际作用的。

4. 继往与创新的关系问题

孔子自称“述而不作，信而好古”（《论语·述而》），这种学风对于保持历史遗产起了积极作用，但是也引起了因循守旧的不良倾向。墨子主张述而且作，“古之善者则述之，今之善者则作之，欲善之益多也。”(《墨子·植耕》)这种态度较孔子“述而不作”为进步。但墨子又说：“吾言足用矣，舍吾言革思者，是犹舍获而拾粟也。”(同上《贵义》)主张自己创新却反对别人创新，这就不好了。

汉代独尊儒术以后，经学占据了统治地位，束缚了人们的独立思考，阻塞了探索未知领域的前进道路。除少数学者之外，多数人都缺乏创新精神。在西方近代初期，不打破神学的统治就难以革新；在中国，不打破经学的束缚也难以前进。中国近代学术远远落后于西方，因循守旧的习气窒息了创新的生机也是一个重要的原因。

创新即是发现新情况、揭示新规律、发明新器具，从而开阔发展的新阶段。文化的发展离不开创新。但是创新仍应以前人已经取得的成果为基础。

五、文化系统的分析与综合

每一民族的文化形成一个文化系统。每一民族的一定时代的文化也形成自己的系统。任何文化系统都包含若干要素，可称为文化要素。要素是近代的名词，如用中国旧名词来说，可称为节目或条目。

不同的文化系统包含一些共同的文化要素，也各自包含一些不同的文化要素。前者表现了文化的普遍性，后者表现了文化的特殊性。

一个文化系统所包含的文化要素，有些是不能脱离原系统而存在的，有些是可以经过改造而容纳到别的文化系统。

不同的民族文化各有其独立性，但是也可以相互吸收相互融合，这是常见的历史事实。

同一文化系统或不同的文化系统所包含的文化要素之间有相容与不相容的关系。有些不同的文化要素，虽然似乎相反，实际上却是相辅相成，相互补充。如果仅取其一个而排斥另一个，就会陷于偏失，引起不良的后果。

古代儒家强调道德教育，不重视法治；法家则专重法治，完全否认道德教育的价值。事实上，道德教育和法律制度是相辅相成，缺一不可的。孟子说："徒善不足以为政，徒法不能以自行。"（《孟子·离娄上》）这句话是对的。但孟子对于法还是重视不够。韩非强调"不务德而务法"（《显学》），"仁义爱惠之不足用，而严刑重罚之可以治国"（《奸劫弑臣》），宣称"夫贤势之不相容亦明矣"（《难势》）。事实德与法是相辅相成的，贤与势更非不相容。

文化的内容是多方面的，愈丰富就愈繁荣，万紫千红胜过孤芳自赏。

但是也有一些文化要素，各属于不同的时代、不同的地域，不能脱离原来的系统，不可能勉强地拼凑在一起。清初王夫之曾论古今的不同说："一代之治，各因其时，建一代之规模以相扶而成治，故三王相袭，小有损益，而大略皆同。未有慕古人一事之当，独举一事，杂古于今之中，足以成章者也。……举其百，废其一，而百者皆病；废其百，举其一，而一可行乎？"（《读通鉴论》卷二十一）又说："郡县之与封建殊，犹裘与葛之不相沿矣。……封建也，学校也，乡举里选也，三者相扶以行，孤行则踬矣。"（同上书卷三）船山的这番议论确实精湛。古今的差别如此，中外的差别亦有类似的情况。

例如清末有“中学为体西学为用”之说，企图把三纲五伦的旧伦理与近代的科学技术结合起来。事实上君主专制和封建道德与近代科学的发展是不相容的。

那末，不同的民族文化只有各自独立，或者只有“全盘西化”才是出路吗？这又不然。不同民族文化的融合，扬长补短，历史上不乏实例。保持自己的良好基础，学习先进文化的最新成就，以促进自己民族文化的发展，不仅是必要的而且是可能的。这就是发现文化要素之间的相容与不相容、可离与不可离的关系。有些文化要素彼此不能相离，有些则是可以相离的。

我们进行实际考察，就可以发现，不同的民族文化包含的文化要素有许多是并行不悖，甚至是可能相得益彰的。

举例来说中国医学与西方医学各自具有自己的系统。西方医学已经发达到非常精密的程度，超迈前古。但是中医的一些优点仍为西医所不具备。中国医学确有实效。中医的一些理论至今仍令人感到神秘难解，可能只有进一步运用最新科学才能予以明确的诠释。中西医结合的前景是十分光辉的。

中国绘画、中国音乐、中国建筑都有其独具的特色。西方绘画、西方音乐、西方建筑也都是应该学习的，但能够否认中国绘画、中国音乐、中国建筑的独特价值吗？关于音乐，有些人称中国音乐为民族音乐，似乎西方音乐才是音乐的正宗，这种民族自卑的作风，还是半殖民地的遗风。现代西方建筑采取了现代技术，确有古代中国不能及之处，但是建筑的民族形式仍有可取的优点。

最根本的问题是语言。以前殖民地的人民大多放弃本民族的语言而采取殖民主义者的语言，这是一种奴才作风。全盘西化论者是否也认为语言要西化呢？学习外语是必要的，废弃自己的民族语言，也就要丧失民族的独立性了。

应该承认，中西医学、中西艺术，都是并行不悖的，而且可以达到新的结合。

近代西方科学的发展有其经济政治以及哲学的基础。应该承认，近代科学的发展与封建专制是不相容的，与民主制度、学术自由是不相离的。科学的发现与发明只能产生于学术自由的环境中，只能存在于鼓励独立思考的气氛中。

西方近代科学与西方的宗教、艺术、教育、风俗等等共同构成一个文化系统。但是，科学是在与宗教斗争中发展的，科学和同时的艺术、风俗等也没有不可分离的关系。我们没有必要把近代西方的宗教、风俗都移植过来。

现在的中国已达到社会主义时代，我们的历史任务是创造具有中国特色的社会主义物质文明和精神文明。我们必须（1）坚持并发扬马克思主义的普遍原则；（2）学习并赶上近代西方的科学技术；（3）考察、分析、选择、继承中国固有文化的优秀传统。我们必须慎重考察古今中外不同的文化系统所包含的文化要素之间的相容与不相容的关系以及可离与不可离的关系。从某一系统中选取一定的要素，应以是否符合客观实际、是否适合社会发展的客观需要为准则。任何系统都是可以剖析的。黑格尔哲学是一个相当严密的系统，而马克思、恩格斯却看出黑格尔哲学系统与其方法的矛盾，在批判其哲学系统的同时却剥取了黑格尔辩证法的合理内核。哲学思想的批判继承往往如此，一切符合客观实际的正确思想必然能够脱离其原来所在的系统而独立存在；一切适合社会发展需要的文化成果也必然是并行不悖、彼此相容的。社会主义文化必然是一个新的创造，同时又是多项有价值的文化成果的新的综合。我们要排除一切浅见与偏向，努力创造光辉灿烂内容丰富的新的中国文化。

中国文化的历史传统及其更新

我今天讲的题目是中国文化的历史传统及其更新。这个题目很大，我准备分四个部分来讲，一、文化的层次；二、文化发展的基本规律；三、国民性与民族精神；四、当代中国的文化形态及其发展趋势。这里讲的是我个人的意见，不一定很成熟。

第一个问题：文化的层次

文化的含义有狭义、广义之分。狭义的文化指文学艺术；广义的文化包括哲学、宗教、科学、技术、文学、艺术、社会心理、风俗习惯等等。社会生活可分为三个方面，一是经济、二是政治、三是文化。就是说，社会生活除了政治、经济之外，一切都可以称作文化。这种广义的文化包含三个层次，最高层次是哲学、宗教，这是社会的最高指导思想。第二个层次是文学、艺术、科学、技术等等。它受哲学、宗教的指导，同时也是哲学的基础和表现。第三个层次是社会心理，其中包括风俗习惯以及一般人的思想意识。哲学与社会心理是相互作用的，哲学经常是社会心理的提高和纠正；社会心理则是哲学思想的普及和庸俗化。一方面，哲学家要纠正、提高社会心理，举例说，在封建社会中，一般人的习惯是追求“富贵利达”、升官发财，哲学家对此持一种批评态度，从老子、孔子开始就看不起总想升官发财的人。哲学所追求的是一种更高的精神境界。另一方面，社会心理也受哲学家的影响。这在中国封建社会后期非常显著。明清时代讲妇女贞节，已成为社会心理。一个女子在丈夫死了以后要守节，这种思想原来是从哲学家的议论来的。宋代的程颐说：“饿死事极小，失节事极大。”这一议论后来就被人们所接受，变成了社会心理，成了封建礼教。这是一种消极的、恶劣的影响。这个问题值得进一步研究。

第二个问题：文化发展的基本规律

关于文化发展的基本规律，我想应该注意以下几条：

第一条，民族文化的积累性与变革性。

大家都承认，文化是随着经济、政治的变革而变革，随着时代的发展而发展的，文化知识应该不断更新。同时，我们也要承认文化有积累性，古代人所发现的真理，不能随便轻视，还要加以重视、加以学习。例如欧几里德几何学，直到现在还是学习几何学的必修课，尽管现在已经有了非欧几里德几何学，但欧几里德几何学还要学习。这就是文化发展的积累性。

第二条，民族文化的共同性和矛盾性。

民族文化是一个民族各阶级的文化，它有共同性。关于人与自然的关系、关于民族之间的矛盾斗争，不同阶级或阶层可以有共同的认识与目标。例如水利，各阶级都很重视，通过治水来调节人与自然的关系，既是统治阶级的要求，也是人民的要求。又如，在民族问题上，中国有一个传统，就是保卫民族独立，不向外族屈服。这是民族文化共同性的一面。应该注意，我们同时还应看到，民族文化又有矛盾性，有着不同的方面。

列宁讲过，有两种文化，一种是反动文化，一种是带有民主性的文化。这一思想很重要。一个民族中的两种文化，就是民族文化中的对立倾向。专制主义与反专制主义的斗争，科学与宗教的斗争，抗战派与投降派的斗争等等，都是这种对立的表现。在中国历史上，每一个时代都有两种文化的斗争，例如宋朝岳飞主张抗战，秦桧主张投降，人民最后肯定岳飞是英雄，认为他代表民族文化的优良传统，而秦桧却遗臭万年，永远被人民唾骂。总之，中国文化也有两个方面，对这种矛盾性也应该注意。

第三条，民族文化的交流和民族的主体意识。

在中国历史上，有两次中外文化接触，第一次是西汉末年、东汉初年佛教输入，到魏晋、南北朝、隋唐时期，佛教有了广泛的影响。第二次是“西学东渐”。“西学东渐”分两段，一段是明朝末年到清朝康熙时代，一些西方传教士到中国传播天主教，带来许多西方科学。到了雍正时代，清朝政府采取闭关自守政策，断绝了中外文化的交流。再一段是鸦片战争以后，西学大量输入，中国许多先进人士向西方寻求真理。这两次中外文化接触交流，性质是不一样的。在第一次中外文化接触时，中国处在封建时代，印度也处在封建时代，印度封建文化输入到中国封建文化之中，属于同级的文化交流。而当时中国的政治、经济力量很强大，胜过印度的政治、经济力量。有这种力量作背景，中国能够接触并且消化印度文化。隋唐时代佛学很盛行，但在思想界占主导地位的仍然是儒家思想。发生在明末的第二次外来文化的输入，本来是个好事情，中国许多学者都愿意接受，当时崇祯皇帝也愿意接受西方科学。后来明朝灭亡，清朝兴起，康熙皇帝也愿意接受西方的科学。虽然当时输入的西方科学是伽利略以前的西方科学，但输入进来还是很有好处的。雍正时期由于有其他方面的原因，下令禁海，中断了西方科学的输入。后来随着帝国主义的武力侵略，西学又输入了进来，当时中国顽固派掌权，拒绝西方文化。由于西方文化是武力侵略带进来的，所以一般群众对西方文化也有反感。当时中国大多数人对西方文化还不了解，只有少数进步人物对西方文化有较深的了解。鸦片战争后，中国第一任驻英公使郭嵩焘看到西方经济、政治、学术很高明，便给清朝皇帝上奏折，主张学习西方的先进文化。而当时中国的顽固派反对郭嵩焘，认为他有卖国思想，要不得，郭嵩焘的建议没有被采纳，结果使中国吃了大亏，致使八国联军打到北京。一个民族要进步，应该主动吸取外国的先进文化，不然的话，一个民族故步自封、拒绝接受外国的先进文化，就会落后于其他民族，而落后就要挨打。这是非常重要的一个历史经验。

可是，在接受外来文化时，有一个问题应该注意，就是要保持民族文化的独立性。民族文化的独立性，也可叫作“民族文化的主体意识”。文化是为民族的生存服务的。民族是一个主体，吸收外来文化要为民族服务，使我们这个民族更加发达兴旺。但是不能丧失民族文化的独立性，不能完全跟着人家学，应该发挥自己的主动精神和创造精神。这点在西方各民族中认识得比较清楚。英国文化有英国文化的特点，法国文化有法国文化的特点，法国文化虽然受英国文化的影响，但它要保持法兰西民族的特点。德国文化更是如此。西方每一民族都要保持自己民族的特点，所以，我们学习西方文化，也要保持自己民族的特点，发挥我们的创造精神，这样我们民族的文化才有希望。

第三个问题：国民性和民族精神

二十世纪二十年代，思想界提出了改造国民性问题，这个问题提得很好，像鲁迅先生关于国民性就讲了很多话。当时确实起了进步作用。当时所谓的国民性，主要是指这样一些所谓劣根性：愚昧、守旧、怯懦、盲从、散漫、迟缓、没有时间观念、没有效率观念，等等。所谓国民性，并不是遗传性，而是一些落后的“国民积习”。改造国民性就是改造落后的“国民积习”。这里有一个问题，所谓国民性是否只有劣根性，有没有良根性？假如中华民族只有劣根性，那中华民族就没有在世界上存在的资格了，这就等于否定自己民族存在的价值。1949 年前，我们这个民族有许多缺点，因而被人称为“东亚病夫”“一盘散沙”。经过抗日战争、解放战争，成立了中华人民共和国，中国人民从此站了起来，很快摘掉了“东亚病夫”“一盘散沙”的帽子。表现了坚韧不拔、英勇不屈的民族精神，中国人有许多优良的品质，我们不能妄自菲薄。我常想，一个延续了五千余年的大民族，必定有一个在历史上起主导作用的基本精神。这个基本精神就是这个民族延续发展的思想基础和内在动力。在西方，古希腊文化表现了希腊精神，法国人民强调法兰西精神，德国人民宣扬日耳曼精神，东方的日本也鼓吹大和精神。中华民族的精神文明的基本的主导思想意识可以称为“中华精神”，“中华精神”即是指导中华民族延续发展、不断前进的精粹思想。我认为，“中华精神”集中表现于《易传》中的两个命题。《易传》讲“天行健，君子以自强不息”，自强不息就是永远努力向上，绝不停止，这句话表现了中华民族奋斗拼搏的精神，表现一种生命力，不向恶劣环境屈服。这里有两方面的意思，在政治生活方面，对外来侵略决不屈服，对恶势力决不妥协、坚持抗争、直到胜利。在个人生活方面，强调人格独立。孔子说：“三军可夺帅也，匹夫不可夺志也。”孟子也讲过：“富贵不能淫，贫贱不能移，威武不能屈。”古代儒家强调培养这种伟大人格。这种精神，应该肯定。《易传》中还有一句话：“地势坤，君子以厚德载物。”就是说，要有淳厚的德性，能够包容万物，这是中华民族兼容并包的精神。在西方有宗教战争，不同的宗教绝对不相容。佛教产生于印度，却不为婆罗门教所容。结果佛教在印度被消灭了。在中国，儒学、佛教、道教彼此是可以相容的，这种现象只有中国才有。“天行健，君子以自强不息，地势坤，君子以厚德载物”，一个是奋斗精神，一个是兼容精神，“自强不息、厚德载物”这两点可以看作是中华民族精神的主要表现。《易传》中的这两句话，在过去的时代中发生了很大的影响。

第四个问题：当代中国的文化形态及其发展趋势

当今二十世纪八十年代，中华人民共和国已经有三十多年的历史，我们的文化已经不是封建文化，这是人所共知的。那么，当代中国的文化形态如何呢？对此，我想提出以下几点看法：

一、生活方式的变化和工作方式的依旧。这是一个矛盾。生活方式的变化表现得很显著，以衣、食、住、行而言，现在穿的衣服是西方的样式，不是我们过去时代的衣服；住的楼房是西式的，已经不是中式的四合院。现在中国的城市房屋建筑基本采取了西方的方式。在行的方面，飞机、火车等交通工具也是西化了的。只是在食的方面，不仅中国人吃中国菜，在西方也有许多人吃中国菜。这方面保持了中国原有的特点。现在号召分餐，这点我也完全赞成，在食的方式上实行西化，更符合卫生的原则。总之，在生活方式方面，中国较之过去变化是很大的。

可是，另一方面，有许多社会习惯、工作作风，封建遗风相当严重，最突出的就是尊官贵长，这是一个封建传统，与社会主义精神不符合。

二、社会制度的先进和经济管理的落后。应该肯定，我们的社会制度比资本主义制度高明，因为我们已经废除了人剥削人的制度，可是我们在经济管理、行政管理方面有许多问题，最根本的问题不够民主。因为我们历史上没有经过资产阶级民主阶段。西方资产阶级民主也是经历了二三百年才确立起来，而我们从“五四”运动算起，也还不到一百年，民主传统还没有健全，这是我国现在的一个重要问题。

三、高尚精神的发扬和民主法制的不足。现在社会上出现许多先进人物，忘己济人、舍己救人、大公无私、自我牺牲，体现这种精神的事情很多，超过了过去的时代，这是应该肯定的，也是令人敬佩的。另一方面我们缺乏民主传统、法制传统，到现在法制还不够健全，这是一个大缺点。还有不讲信义的不正之风也很严重，这些矛盾现象也应该看到。

四、科学技术已具备初步基础，可是对科学技术重视的气氛还较淡漠。从辛亥革命、“五四”运动以后，我们已有了自己的科学，不能说我们现在还缺乏科学传统，西方科学那一套办法我们基本上学会了，这是应该承认的。但是，社会对知识重视的程度还不够，这主要表现在重视知识分子还不够，所以在肯定知识的价值方面还要造舆论。

下面我想对中华人民共和国文化的发展道路谈点自己的看法。

首先，谈谈中西结合的必然性。

先讲一个具体例子，比如中西医结合。中国的古代科学到现在还能站得住的，可以和西方科学并列的，就是医学，中国医学是有独特成就的，西方人也承认这一点。中国医学讲阴阳五行，非常难懂，也比较神秘，但中医治病确有疗效，这是大家公认的。中医的经络学说，关于整体看问题的观点是有价值的。医学应该走中西结合的发展道路。就科学技术方面而论，我们尚落后于西方，我们还有一个现代化的问题。西方社会已经现代化了，不存在现代化的问题，却又出现“现代化后”的问题。例如，西方现在出现的家庭解体，就属于这方面的问题。无论是中国现代化的问题，还是西方现代化后的问题，我们都要研究，找出科学的答案，作出正确的决策。

其次，谈谈关于文化的体用问题。

清朝末年张之洞宣扬“中学为体，西学为用”，严复提出批评，指出：牛有牛之体，牛有牛之用；马有马之体，马有马之用。不能牛体马用，马体牛用，认为“中学为体，西学为用”根本行不通。严复的批评是正确的。

这里首先要解决体用的意义问题，这里所谓“体”是指原则，所谓“用”是指原则的应用。我们现在讲体用，应该确定：社会主义的基本原则是“体”，科学技术、文学艺术是“用”。社会主义的根本原则就是社会主义民主。我们要健全社会主义民主，可以说民主为体，科学为用。现在不应该以中西分体用，无论讲中体西用或西体中用都是错误的。

概括起来说，中国文化的发展有三条道路：

第一条道路，故步自封、因循守旧，像过去那样，以大国自居，以高明自居，这是做不到的，也是危险的，没有前途的。清朝末年顽固派拒绝西学，是一个惨痛的教训，应该牢记。看来这条道路是走不通的。

第二条道路，全盘接受外国文化，全盘否定民族传统，这也是不可取的，丧失了民族独立性，就会沦为殖民地。西方每一个民族都有其独立性，我们学习西方，如果没有自己民族的独立性，也不是真正学习西方。这同样没有前途，同样是十分危险的。

摆在我们面前的唯一正确的道路，就是主动吸收世界先进的文化成就，同时保持民族文化的独立性，认识本民族优秀的文化传统，发扬创造精神，创造自己的新文化。创造就是发现别人没有发现的客观规律，制造出别人没有制造出的新机器、新工具、新产品。这样才能对世界文化有所贡献，这样才能自立于世界文化之林。这是我们唯一正确的道路。

正确认识中西文化的异同

现在很多同志对文化问题感兴趣，热烈参加文化问题的讨论，这是非常可喜的现象。在今天，我们讨论文化问题，进行中西文化的比较，要有三个方面的正确认识：一是正确认识中国传统文化；二是正确认识西方近代文化；三是正确认识当代中国的文化形态。

在中国历史上，有两次外来的输入，一是汉晋隋唐时代佛教的输入，二是明代后期及近代西方学术的输入。这两次文化输入，其性质是不同的。汉晋隋唐时期，中国是封建社会，当时印度也是封建社会。当时是印度封建时代的佛教输入到中国封建社会，可以说是同一级的文化接触。明代后期，中国仍处于封建时代，西方则处在由中世纪到近代的过渡时期；到了鸦片战争时期，西方文化已经是资产阶级的文化了。当时的西学东渐，可以说是不同级的文化接触。由于当时西方资产阶级文化是高一级的文化，所以只有少数先进的中国人才能理解。同时西方文化的输入是与西方资本主义武力入侵相伴随的，更增加了情况的复杂性。历史证明，如果能够主动接受先进文化，就将有光明的前景；如果盲目拒绝或被迫接受，那末就会有落后挨打的危险。

对于中西文化进行比较，就必须对于中西文化有一个正确的认识。二十年代以来，讨论中西文化异同的文章很多，但是往往陷于片面。一个相当流行的观点，认为中国文化是主静的，西方文化是主动的。事实上，中国古代固然有宣扬主静的思想家，也有主动的思想家。道家老子、庄子是主静的，但是儒家的《易传》则宣扬“刚健”，基本是动的。《易传》说：“动静不失其时，其道光明”，认为宜动则动，宜静则静。诸葛亮有两句名言：“非淡泊无以明志，非宁静无以致远”，肯定了宁静的重要。但是诸葛亮一生，参加赤壁大战，以后又七擒孟获，六出祁山，还是以活动为主。文化的发展主要依靠活动，如果一味主静，哪里会有文化的延续发展呢？认为中国传统文化是静态文明，那是不符合事实的。

过去有人认为西方文化是物质文明，中国文化是精神文化，就更是一偏之见了。中国的先秦时代与西方的古希腊时代，都是文化高度繁荣的时代，但像古希腊欧几里得几何学和亚里士多德形式逻辑那样完整的体系，却为中国所缺乏，能说西方精神文明不如中国吗？中国的四大发明传入欧洲以后对于欧洲的近代文明曾起过积极的促进作用，四大发明都属于物质文明，能说中国没有物质文明吗？

近来又有一种看法，认为中国是性善论的文化，西方是性恶论的文化。性恶论比性善论深刻，所以西方文化比较高明。这更是片面的肤浅见解。西方基督教讲“原罪”，可以说是性恶论，但在古希腊哲学中，苏格拉底、柏拉图可以说都是主张性善论的。中国孟子讲性善，荀子则讲性恶。西方近代启蒙思想家和十八世纪法国唯物论者都是宣扬性善的。岂能以性善与性恶分别归于中西？黑格尔曾说性恶论比性善论深刻。我个人认为，事实上性善论比性恶论更深刻，因为性善论是民主思想的基础，而性恶论是专制主义的基础。

二十世纪二十年代文化界曾经展开关于国民性的讨论，提出改造国民性的问题，这是一个有深刻意义的问题。一般谈论国民性主要是指一些劣根性。改造劣根性是必要的。但是，如果所谓国民性，仅仅是一些劣根性，那么，中华民族还具有立足于世界的内在根据吗？一个仅有劣根性的民族还能存在于世界之中吗？我认为，谈到国民性，或者谈到民族性，也应有一个全面的认识。一个民族必须有其延续发展的内在根据，必然有其独立存在的精神基础。这就是这个民族的民族文化中的优良传统。民族文化中的优良传统也可以称为民族精神。中国从古以来，有一个坚持民族独立、对外来侵略决不屈服的精神。这种精神表现在个人生活方面，就是承认人格独立，现在有人说中国文化就是压抑个性，叫人绝对服从。过去专制主义确实是叫人绝对服从。但是中国传统也还有另外一方面，就是承认人格的独立。孔子说："三军可夺帅也，匹夫不可夺志也"，肯定一般平民都有独立的意志，不能随意改变。孟子更宣扬"威武不能屈"的大丈夫风格。这种宣扬独立人格的思想是中国文化中的优良传统的内容之一。

关于现今中国的文化形态，也要有一个正确的认识。现在中国已经进入社会主义，废除了人剥削人的制度，但是还有一个现代化的任务，政治生活的民主化还有待于提高。现在的中国文化已经不是传统文化了，特别是生活方式方面，衣食住行，除了食还保留中国烹调以外，衣住行已逐渐"西化"了。然而，许多陈旧的传统习惯还有待于革新。学习西方的先进科学是绝对必要的。是否西方的全部风俗习惯都必须学来呢？西方各国都表现了民族文化的独立性。虽然同属资产阶级文化，但是英、法、德、意之间，各有其独立的民族特点。这里有一个保持民族文化的独立性的问题。一个民族，如果丧失了文化的独立性，也就会丧失民族的独立性；丧失了民族的独立性，就沦为别的民族的附庸了。保持民族文化的独立性，是一个至关重要的问题。但是保持民族文化的独立性也有一个条件，就是必须学会别的民族的先进文化的成果，同时发挥自己的创造精神，在文化的各方面能够与别的民族并驾齐驱。只有这样，才能够保持民族文化的独立性。应该承认，只有对世界文化做出自己的独特贡献，才能受到别的民族的尊重。

综合、创新、建立社会主义新文化

近几年来，国内出现了文化热，同时在香港、台湾、国外都出现了有关中国文化问题的讨论。在二三十年代，我国也曾有过文化讨论的热潮。文化热往往出现在国家、民族、社会进一步发展的转折关头，它讨论的虽是文化问题，而实质上却是关系到国家、民族发展前途的重大问题。“天下兴亡，匹夫有责”，文化热的出现，反映了广大人民，尤其是知识阶层对国家、民族前途的关注。因此，近几年来的文化热，是一个好的现象，它的出现是历史的必然。

有人认为，在近几年的文化热中，已发表的文章，基本上还没有超出二三十年代的水平。我认为这个估计是不全面的。我想这是忽略了一个主题，即忽略了当前我们所处时代的时代精神。在二三十年代，当时讨论的是：中国走向何处？中国文化走向何处？中国到底应如何办？这是那个时代面临的问题。时隔半个世纪之后的今天，我国早已进入了社会主义社会，二三十年代面临的问题已经解决了，目标和方向已经确定了。现在的任务是建设有中国特色的社会主义物质文明和精神文明。

一定的文化总是一定社会形态的反映。我国当今的社会状况与二三十年代的半殖民地、半封建社会已大不相同，而且是大大的进步了。不同的时代应有不同时代的精神。在文化建设上，今天我们如何把握时代精神，建设社会主义的新文化，我认为对这个问题应有一个明确的认识。在近几年的文化问题讨论中，有的学者所提出的观点，似乎是很“新”，实际上却没有把握时代的精神。

近年来，有一种论调，在国内影响甚大。我称之为“传统文化否定论”。他们主张对中国传统文化应一概否定，完全向西方学习。有人侈谈什么“中国文化的深层结构”，甚至说，在中国，“人”还没有“萌芽”。毋庸讳言，在我国传统文化中有不足之处，但是，说有五千年文化的中华民族还没有出现“人”的观念，这就不但彻底否定了中国的文化，而且连中华民族也彻底否定了。我认为，这种思想是对中国传统文化和中华民族的玷污、诬蔑。如此观点，对中国文化的浅层结构都不了解，何能谈文化的深层结构呢！我们现在面临一项重要任务，就是要阐明中国的传统文化有哪些特点？对人类文化作出过什么贡献？哪些是中国传统文化的精华？值得每一个中国人骄傲和自豪。

当然，也应该承认，我国文化自十七、十八世纪以来，较之西方文化落后了，可是在此以前并不落后。何况现在的中国的文化又是在积极地前进。社会主义的新文化是高于资本主义的文化。建设社会主义的新文化是一个创新的事业。我认为：一方面要总结我国的传统文化，探索近代中国落后的原因，经过深入的反思，对其优点和缺点有一个明确的认识。另一方面，要深入研究西方文化，对西方文化作具体分析，对其缺点和优点也要有一个明确的认识。根据我国国情，将上述两个方面的优点综合起来，创新出一种更高的文化。什么是创新？创新意味与中国传统文化和近代西方文化都不相同。因为它是具有中国特色的社会主义的新文化，是人类文化史上高度民主、高度科学的新文化。近几年，针对文化问题，我写了一些研究文章，自己撰了一个名词："文化综合创新论"。这也可能是胆大狂放，但是，我认为中国新文化的建立，综合和创新还是重要的。

中国传统文化中的封建主义传统必须否定，必须批判，但是，不能否认，中国传统文化确有好的一面。仅从中国人民传统的共同心理结构来看；一、中国人民有反对外来侵略的传统。对外来侵略不能忍受，在历史上有过无数的爱国志士和民族英雄，他们为了捍卫国家、民族，不惜抛头颅洒热血，与外来侵略者作不妥协的斗争。在我国历史中，写下了可歌可泣的篇章。虽然，在我国历史上也有过汉奸，但仅是少数，不代表传统的主流，而且遭到人民的唾弃。二、中国人民对内有反暴政、反压迫的传统。从陈胜、吴广揭竿而起，直至太平天国起义，上下两千多年风起云涌的农民起义，无不反对暴政、反对压迫。早在春秋战国时期，就有孔子宣扬"仁"，孟子提出"仁政"。自此以后，历史上的进步思想家和有识之士，继承了这一优良传统，为了国家、民族的长远利益，反对统治者的暴政，同情人民所遭受的苦难。从二三十年代直至今日，都有学者断言，中国的国民性的特色是"奴性"，显然，这是不符历史的偏颇之见。我认为，以上两个方面的民族共同心理结构，是中华民族的优秀文化传统，是中华民族赖以延续的精神支柱，今天仍应大大发扬。这个优良文化传统，可以用《易传》中的四个字“自强不息”来概括。

中国的二三十年代，日本等帝国主义入侵中国，民族、国家处于危急存亡之秋。当时，一般的中国人都有一个信念：“中国必胜”，并以“我们是中国人”自豪。可是，在八十年代的中国人中，有人却偏偏看不起自己，这不能不引起我们深思。如果说中国国民性中有“奴性”的一面，那末，这些人看不起中国的思想，正是“奴性”“劣根性”的表现。我们有责任来纠正这种思潮。

我们建设社会主义的新文化，一定要继承和发扬自己的优良文化传统，同时汲取西方在文化上的先进贡献，逐步形成一个新的文化体系。这个新的文化体系，是在马克思列宁主义原则的指导下，以社会主义的价值观，来综合中西文化之所长，而创新中国文化。它既是传统文化的继续，又高于已有的文化。这就是中国的、社会主义的新文化。

历史在不断发展，时代在不停前进。中国五千年以来的传统文化已面临严重挑战，因为它已不能满足社会主义现代化的需要，必须创新。创新绝不是传统文化的“断裂”，而是优良传统的继续和发展。综合中西文化之所长，融会中西优秀文化为一体，这才是真正的创新。

评“五四”时期对于传统文化的评论

“五四”新文化运动，倡导思想革命，在当时起了振聋发聩的巨大作用，并且一直影响到现在。“五四”新文化运动，“反对旧道德提倡新道德、反对旧文学提倡新文学”（毛泽东《新民主主义论》），是“彻底地反对封建文化的运动”（同上），在中国近代史上确实具有非常重要的进步意义。对于“五四”新文化运动的进步作用，必须予以充分的肯定。

“五四”运动之后，中国人民进一步展开了对外反对帝国主义侵略、对内反对封建势力的激烈斗争。经过了三十年，到一九四九年，中华人民共和国成立了，“中国人民站起来了”，中国成为一个社会主义大国。然而，直至今日，中国在经济文化上依然落后于先进国家。我们现在正在努力进行“现代化”建设，对于“五四”以来关于文化问题的讨论，应该进行一些清醒的反思。

“五四”新文化运动是以运动的形式出现的，发起了对于中国传统文化的总批判，这无疑是必要的。但在当时对于传统文化的实质还没有来得及进行全面的深入的考察。关于中西文化之异同的问题，是当时热烈讨论的一个中心问题，讨论纷纭，各抒己见。我认为，关于中西文化之异同的问题，当时一些流行的观点值得进一步的思考。

“五四”时期，有很多论者认为中西文化的不同在于中国文化是主静的，西方文化是主动的；又有人认为中国文化是精神文明，西方文化是物质文明；还有人认为中国文化是内向的，西方文化是外向的。例如陈独秀所写《东西民族根本思想之差异》云：“西洋民族以战争为本位，东洋民族以安息为本位。”（《青年杂志》第一卷第4号，1915年12月）杜亚泉在所写《静的文明与动的文明》云：“西洋社会为动的社会，我国社会为静的社会。由动的社会，发生动的文明；由静的社会，发生静的文明。”又说：“西洋人生活为向外的。……我国人之生活为向内的。”（《静的文明与动的文明》，《东方杂志》第十三卷第10号，1916年10月）李大钊《东西文明根本之异点》云：“东西文明有根本不同之点，即东洋文明主静，西洋文明主动是也。……东西文明之分派……一为安息的，一为战争的；……一为保守的，一为进步的；……一为精神的，一为物质的；……一为自然支配人间的，一为人间征服自然的。……东人之日常生活以静为本位，以动为例外；西人之日常生活以动为本位，以静为例外。”（《言治》季刊第3册，1918年7月）这些论文都是“五四”运动以前有重大影响的著名论文。

这些观点是否正确呢？我认为，这些观点都把问题过于简单化了，都不符合历史的实际。

试先就所谓“主静”“主动”之说加以分析。中国古代确有“主静”的哲学家，如老子、庄子，魏时的王弼，北宋的周敦颐。但是也有主动的哲学家，如墨子，清初的王夫之、颜元。而大多数哲学家是主张“动静合一”的。《周易大传》云：“动静不失其时，其道光明。”（《艮卦·彖传》）又云：“动静有常，刚柔断矣。”（《系辞上传》）这兼重动静，是中国古代人生哲学的主导思想。王弼解释《周易·复卦》“复其见天地之心”云：“复者反本之谓也，天地以本为心者也。凡动息则静，静非对动者也；语息则默，默非对语者也。然则天地虽大，富有万物，雷动风行，运化万变，寂然至无，是其本矣。”这是典型的主静学说。后来程颐加以纠正说：“一阳复于下，乃天地生物之心也。先儒皆以静为见天地之心，盖不知动之端乃天地之心也。非知道者，孰能识之？”（《周易程氏传》卷二）能说“主静”是中国文化中的主导思想吗？

这是就传统文化中的哲学思想来讲的。如就一般人的日常生活来说，更不能说中国人的日常生活是“以静为本位”的。《老子》云：“众人熙熙，如享太牢，如春登台，我独泊兮其未兆。”（二十章）王弼注云：“众人欲进心竞，故熙熙。”老子自己是主静的，众人哪里主静呢？孟子说：“鸡鸣而起，孳孳为善者，舜之徒也。鸡鸣而起，孳孳为利者，蹠之徒也”。（《孟子·尽心上》）不论为善或为利，都是努力为之，哪里是“以安息为本位”呢？活动是生命的本质，中国人的生活岂能属于例外呢？道家提倡“虚静”，宋儒常习“静坐”，现在看来，那是古代的“气功”，意图藉以调剂生活，不能归结为“以安息为本位”。（王船山、颜习斋论动的言论很多，兹不具引。）

至于认为东西文明“一为精神的，一为物质的”，尤为不切实际。还有人认为中国文明是精神文明，西洋文明是物质文明，精神文明高于物质文明，更是违实之谈。按中国古代哲学、史学、文学都有较高的成就，中国古代思想家更强调精神生活的价值，应该承认中国确实有自己的精神文明；但是中国在科学技术方面也有很多发明创造，人所共知的四大发明即属于物质文明，能说明缺乏物质文明吗？西方自然科学比较发达，但哲学、史学、文学方面的精神生产亦甚丰富，古希腊的哲学著作之多至少不亚于先秦诸子。近代以来，西方哲学的鸿篇巨制尤为繁夥，能说西方缺乏精神文明吗？应该承认，中国文化和西方文化都具有“精神的”和“物质的”两个方面。

关于所谓内向与外向的区别，尤为许多论者所乐道。很多人认为中国文化是内向的，西方文化是外向的。吾则以为不然，所谓外向指面对自然，所谓内向指不务改造环境，专重自我调节，只改变自己的态度。中国传统文化是否专门内向的呢？儒家固然强调“反躬”“修己”，那是就道德修养说的，并不排斥对于外在世界的观察。《易传》论八卦的原始说：“古者庖牺氏之王天下也，仰则观象于天，俯则观法于地，观鸟兽之文与地之宜，近取诸身，远取诸物，于是始作八卦。”这是《易传》作者的文明起源论，却是以仰观俯察为八卦的由来。《中庸》论人生的理想说：“唯天下至诚为能尽其性，能尽其性则能尽人之性，能尽人之性则能尽物之性，能尽物之性则可以赞天地之化育，可以赞天地之化育则可以与天地参矣。”这虽然是一种不切实际的空想，但也表示了对于天地万物的关注。宋明理学以“道德性命”为中心议题，但邵雍倡言“观物”（以《观物》名篇），张载畅论“神化”（自然变化的根源），朱熹注意对于天地起源的探索，亦都在研求自然的奥秘。中国没有创造出自己的近代实证科学，这是一项重大缺欠，但也并非完全不重视对于自然界的探索。

我不同意有的学者认为东西文化代表了“不同的路向”的观点。我认为世界各地的文化的方向是基本一致的，不过各有所偏重而已。不能说中国文化是向内型的，西方文化是向外型的。每一文化都具有向内的方面，也有向外的方面。

在“五四”前后，关于文化，还有一种观点，即认为中西文化只是时代的不同，即发展阶段的不同。例如常乃德在所写《东方文明与西方文明》中说：“一般所谓东洋文明和西洋文明之异点，实在就是古代文明和现代文明的特点。”（《国民》第二卷第 3 号，1920 年 10 月 1 日）又说：“现在一般所谓东洋文明，实在就是第二期的文明。而西洋文明却是第三期的文明。”（同上）这种观点亦可称为“有古今无中外”观点。这有一定的道理，因为否认东西文明的不同是方向的不同。但是这种观点也是不全面的，仅承认文化的时代性，而没有见到文化还有民族性。例如，西方中世纪的文化与中国中古时代的文化都处于同一发展阶段，而各自显示了不同的内容，这就表现了民族性的差异。应该承认，文化既具有时代性，又具有民族性。中西文化之间，既有古今之异，又有中外之殊。东西文化虽非“不同的路向”，但各有不同的特点，这就是民族性的差异。

在五四时期，还兴起了关于国民性的讨论，也是针对传统文化而发的。讨论国民性，意在探讨改造国民、提高人民素质的道路，当时所揭示的中国人的国民性，主要是愚昧、懦弱、懒惰、奴性以及虚伪爱面子等等。这对于国民性的揭示，却忽略了两个问题：(1)这些所谓国民性是否生而具有的遗传性呢？还是一些后得性？(2)中国人除了具有这些卑鄙的劣根性之外，是否还有另一些优良的本性呢？

我认为，那些被称为国民性的劣根性，实际上并不是民族的遗传性，而是在自然经济的土壤上，在君主专制主义的压迫下，长期养成的习惯性，如果政治、经济的条件改变了，这种习惯是可以改变的。

其次，如果中国人只具有这些劣根性，只表现为怯懦、懒惰、奴性，那么，将如何解释历代经常涌现的反抗外来侵略的民族英雄和奋起进行社会改革的革命志士呢？中华民族的长期历史中，出现了很多爱国英雄、革命志士，还有不少探索自然奥秘的科学家，一些为崇高理想而献身的思想家，一些敢于反抗社会上的不良势力，对之进行坚决斗争的刚直之士，能否认他们的存在吗？我认为，中国人除了一些令人痛心的劣根性之外，也还具有一些值得肯定的优秀品质，可以称之为“良根性”，如勤劳、勇敢、坚韧、刚毅不屈等等。中国人民，近百年来，在帝国主义的侵略之下，在专制主义的压迫之下，经过反复曲折、不屈不挠的斗争，终能保卫了民族的独立，这与民族文化中含蕴的优良传统是有密切联系的。

我们既要反对民族自大狂，亦要保持民族自信心。“五四”时期一篇论文中说：“西洋民族性恶侮辱、宁斗死；东洋民族性恶斗死、宁忍辱。民族而具如斯卑劣无耻之根性，尚有何等颜面高谈礼教文明而不羞愧！”（陈独秀《东西民族根本思想之差异》，1915 年 12 月）确实有卑劣无耻的“忍辱”苟活的中国人，但能说这是中华民族的根性吗？果真如此，那千百年来反抗强权、反抗压迫、反抗奴役的斗争如何解释呢？

我们应承认“五四”新文化运动的历史功绩，承认当时一些先进的思想家如李大钊、陈独秀等的巨大贡献，但也应该认识当时一些言论的难以避免的局限。毛泽东说：“但五四运动本身也是有缺点的。那时的许多领导人物，还没有马克思主义的批判精神，他们使用的方法，一般地还是资产阶级的方法，即形式主义的方法。他们反对旧八股、旧教条，主张科学和民主，是很对的。但是他们对于现状，对于历史，对于外国事物，没有历史唯物主义的批判精神，所谓坏就是绝对的坏，一切皆坏；所谓好就是绝对的好，一切皆好。”（《反对党八股》，《毛泽东选集》第三卷第 789 页）毛泽东主席这段对于五四运动的批评是完全中肯的。

其所以出现这种“所谓坏就是绝对的坏”“所谓好就是绝对的好”的思维方式，原因在于当时的学者还没有摆脱传统的思想习惯，主观上要彻底反传统，实际在思想方法上还受传统思想的束缚。其主要表现是习惯于笼统思维，缺乏分析意识。

中国传统哲学长于整体思维，把人与自然看作一个整体。中国医学充分显示了整体思维的优越性。中国医学把人身看作一个整体，把人与外在环境看作一个整体，这是中国古代整体思维的典型。但由此也引出了一种偏向。即大多数中国人都习惯于笼统思维，对于所研究的问题，往往作出全称肯定或全称否定的判断，而不进行分析剖判。我认为，文化进步的一个重要关键是在肯定整体思维的同时致力于分析思维，对于任何问题都应进行分析的研究。

我认为，研究文化问题，应特别强调辩证法的重要。辨证法的一个根本原则是“分析与综合的统一”。“五四”以来，“反传统”成为一种流行的思潮，很多人以“反传统”自诩进步。反对传统文化中的消极腐朽的内容并且努力加以消除，是完全必要的，但是，是否应该全盘反传统呢？关于这个问题，我们可以看看列宁关于“无产阶级文化”的见解。列宁晚年在《青年团的任务》中说：“应当明确地认识到，只有确切地了解人类全部发展过程所创造的文化，只有对这种文化加以改造，才能建设无产阶级的文化，没有这样的认识，我们就不能完成这项任务。无产阶级文化并不是从天上掉下来的，也不是那些自命为无产阶级文化专家的人杜撰出来的，如果认为是这样，那完全是胡说。无产阶级文化应当是人类在资本主义社会、地主社会和官僚社会压迫下创造出来的全部知识合乎规律的发展。”（《列宁选集》第四卷第 348 页）列宁提出了“了解”并“改造”“人类社会在资本主义社会、地主社会和官僚社会压迫下创造出来的全部知识”的任务。五四时期激烈反传统的学者们主要是力求引进西方近代的资本主义文化，要求完全摒弃中国传统文化，对于中国“地主社会和官僚社会”所创造出来的文化持全盘否定的态度，我认为这是缺乏分析的表现。

我们一定要超越传统，但是首先要理解传统。传统文化之中包含非常庞杂繁复的内容，其中有束缚我们手脚的绳索，阻碍我们前进的羁绊，也有指引我们前进的光炬，提供精神营养的清泉。能说传统之中没有激励我们前进的思想源泉吗？能说我们舍旧图新的动力都是来自域外吗？传统文化是我们从之出发的基地，如果完全否定自己立足的基地，那就只能颠覆倒下而已。即令亦步亦趋地向人家学习，也将终于成为人家的附庸罢了。我们努力建设的中国新文化，应具有自己的独立的民族精神。对于自己的民族传统，应有一个清醒的自觉，这是文化进步的前提。

对于“五四”新文化运动的进步作用必须肯定，但是，时至今日，我们应更前进几步了。

文化体系及其改造

每个民族的文化都是一个体系，其中包含着很复杂的内容。现在我们中国文化正处在一个大转变时期，也就是文化体系改造的时期。那么，文化体系的转变，文化体系的改造到底有什么规律性的内容呢？这是个值得研究的问题。在这里我只提出一些比较粗浅的看法，只能称作老生常谈。因为，现在许多文章中都是一堆堆的新名词，而我用的旧名词多一点，新名词少一点，只能算作老生常谈了。

一、文化的体系及其层次

现在各家对文化的意义理解各不相同。我认为，文化可以说有多层意义，最广义的文化就是人类所创造的一切，凡是人类创造的一切内容都是文化。最狭义的文化，就是现在的文化部界定的文化，即专门指文学艺术。我今天要讲的文化既不是最广义，也不是狭义，就叫做通常意义吧。它是跟政治、经济有区别又有联系的意识形态那方面的内容。

每个国家、每个民族的文化都形成一个体系，内容复杂。它至少包含两个层次：一个可以叫作高层文化，一个是底层文化。高层次的文化就是学术思想，其中包括哲学、宗教、科学技术、文学艺术、道德、教育等等。这种文化有一个特点，即它是用文字写出来的。一个哲学家，他总有个文字记载，如语录、著作。文学家当然是有文学作品的。宗教也同样有文字记载。用一个新名词来说，就是它是有文字载体的，此乃高层文化。此外还有底层文化，即在下边的，作为基础的，一般说来没有文字记载，比如像社会心理。因此，高层文化包含哲学、宗教、科学技术、文学艺术、道德、教育等；底层文化就是社会心理。现在有人常说的，还有人写成专书，把底层文化称为“文化的深层结构”。我认为，所谓的“深层结构”，事实上就是社会心理。说它是深层，是因为平常看不到。而实际上从内容上看它是很浅显的，并不很深奥。同时，还有人说这是潜意识文化，或称潜结构，事实上这种文化也是很显著的，它并不是隐藏的。社会心理随处可见，只是不太明确，模模糊糊，没有文字载体，没有文字记载。例如，小说经常就表现社会心理，像《水浒传》《今古奇观》都表现社会心理。社会心理不会写成著作。我不大同意“深层结构”一词，而认为应叫做“社会心理”。社会心理里面，也有复杂的内容。在学术思想里面，包含着许多学派。每一学派有许多学说，每一学说里又有许多观念、观点、命题，内容很多。这许多观念、观点、命题等等，我认为可以称作“文化元素”，即文化内部的元素、单元。社会心理中也包含许多观念、观点，包含许多愿望、习惯、趋向等，这些也是文化元素。所以，我认为文化体系包含许多层次，一个层次里面，它的基础内容就是各种文化元素。文化是各种文化元素构成的复杂的体系。

对于中国文化，我主要从哲学的角度进行分析。哲学思想是文化的核心，起着重要的作用。在中国哲学史上，先秦时代百家争鸣，当时出现了“九流十家”，其中最重要的有儒家、道家、墨家、法家四大家。以后又从印度传入了佛教。后来起作用最大的就是儒家、道家和佛教。我今天主要对儒家和道家的哲学思想作点分析。

儒家、道家的哲学思想所包含的观念、观点、理论都很复杂，形成为复杂的体系。我只能大致地讲讲。我认为儒家在文化史上起主要作用的有四点：第一，等级思想；第二，人格意识；第三，刚健观念；第四，保守倾向。儒家，从孔子到明清时代，总要分别上下贵贱，分别等级。在奴隶社会、封建社会都是等级制，资本主义社会打破了等级制，但还保留阶级。儒家分等级，分君子、小人。儒家的等级思想非常严重。孟子曾说过，有劳心，有劳力，“劳心者治人，劳力者治于人。”这是很明确的。实际上，不仅孟子这么讲，荀子也这样讲。不仅儒家这样讲，法家也这样讲，法家讲得更严重。只有道家反对这一套。第二，人格意识。儒家有一个特点，就是它虽然分等级，认为社会上有贵族，有平民，有君子有小人（庶民、庶人），但不管贵族、平民、君子、小人都是人。儒家把人和动物分开，人不论贵贱，都有同类的关系。孔子说得很清楚，一次，他碰见两位隐士，发了许多议论，孔子曰：“鸟兽不可与同群，吾非斯人之徒与而谁与？”在这里他把人与鸟兽分开了。孔子提倡“仁”，就是“爱人”。至少从字面上看是爱一切人。二十年前有人说，孔子所说的“人”和“民”是两个概念，人不是民，民不是人，认为孔子讲的民根本不算是人。这种意见当时很受欢迎，事实上，这种看法是十分错误的。因为从《诗经》，从《左传》上看，连奴隶都算作人。中国还没有奴隶不是人的思想。孔子也不例外。从《论语》中就可以看出，孔子的“人”是包含贵族和小人的。小人虽然加上了个“小”字，但也是人。孟子更显著，他再三说：“圣人与我同类者”“圣人与民同类”，都是人类，近年来有一种议论，说中国传统文化里面根本没有“人”的观念，认为西方有人的观念，中国却不知道人是人。我觉得这是很荒谬的。事实上，儒家具有“人”的观念。孔子有句名言：“三军可夺帅也，匹夫不可夺志也。”匹夫就是平民，匹夫也有个独立的意志，也就是有个独立的人格。所以儒家还是强调人作为一个人。孟子说，“人之所以异于禽兽者”，实质是指人之所以为人者。因此，我认为中国古代哲学具有人的观念。当然，它跟西方近代人的观念是不一样的，可是不能说中国没有人的观念。第三，刚健观念。从孔子开始，就注意“刚”，“刚毅木讷近仁”，一个人只有刚强，才有希望。《易传》里面特别强调“刚健”，把“刚健”作为人生的一个根本原则，这类的话很多。最值得注意的是《象传》里的一句话：“天行健，君子以自强不息。”“健”就是刚强。天体、太阳月亮永远在那里运行，不会停止。人就应该效法自然天象，自强不息，努力奋斗、努力向上。这种自强不息的思想是儒家的一个重要观念，就是强调人的刚健、主动性。孔子说自己“发愤忘食，乐以忘忧”，正是这种态度。这比起西方近代来当然还有一定的距离。前段时间，电视台播放了电视剧《河殇》，掺杂了许多不科学的观点，其中有这么一句话，“儒家在二千多年来就没有培养出一个进取的精神”，我认为这不符合事实。儒家讲的“自强不息”，就是一种进取的精神，是“发愤忘食，乐以忘忧”。不能说儒家只有消极退缩的态度，应根据事实来讲话。第四，保守倾向。孔子说，“述而不作，信而好古”。“述”就是继承，“作”就是创造。他只是继承，但不创造。这是一个大缺点，缺乏创造精神。人类文化就是不断创造的过程，应该去创造。孔子的这种态度对后世影响很大，后来墨子改正了这个说法。他认为，过去好的东西我要述，过去没有的东西我要作，即“述而且作”。这个思想很重要，可墨子又认为，我作的已经够多了，你们没必要作了。这就不对了。我们应鼓励年轻人继续创造，不断创造。儒家的保守倾向应当克服。

道家的思想也可以分为四点。第一，批判意识。道家不满意当时社会，认为这也不好，那也不好，看出了许多毛病来。同时，它对儒家、墨家也表示出批评的态度，认为儒家讲的“仁义”有许多是虚假的，是相对的。道家在中国历史上第一个提出了道德的相对性。道家的批判意识，是它的一个贡献。第二，自由超脱。它讲自由，如杨朱说“为我”，追求个人的自由。但杨朱的为我，只是保护自我的主体性，绝不侵犯他人。我不受别人侵犯，我也不侵犯别人。道家虽然讲自由，却无法实现，只能停留在思想里面。庄子讲“逍遥游”，事实上是坐着不动，完全是一种幻想。所以道家一方面追求自由，这是它进步的倾向。但是它没有办法实现其自由，只是虚幻的自由。这是道家的缺点。第三，虚静思想。老子所谓“致虚极，守静笃”，庄子也讲“静”，这对后人影响很大。有人曾说，中国文化是一种“主静”的文化。这只是看到道家主静，儒家的一部分也主静，但儒家的主要思想还有主动的。主静也有一定的积极作用。但从整个人生来说，“主静”是片面的。道家把静作为人生的一个基本原则，表现了消极的倾向，对文化发展起了阻碍作用。道家的“虚静”不如儒家的刚健有价值。第四，因循。司马谈写了一篇《论六家要旨》，其中说道家“以虚无为本，以因循为用”。因循就是守旧，过去怎样，现在和将来就应怎样，不要改变。道家的因循比儒家的保守更为严重，他完全不从事革新。这点对中国文化的发展也起着消极的作用。所以，我觉得在儒家、道家里面都有对文化发展起积极作用的成分，像儒家的“人格意识”“刚健”，道家的批判意识等。另一方面，儒家的等级思想，妨碍平等思想的发展；还有保守因循思想也起着消极影响。这些情况很复杂，应区别看待。

以上主要讲了学术思想方面的内容，其次还有社会心理方面。社会心理或所谓“深层结构”，我认为应分为两部分：一部分是受学术思想的影响，跟学术思想相接近的内容。这部分也很复杂，其中有等级观念，中国自古至今等级观念非常严重，总要分上级下级。列宁说过，奴隶制、封建制都是等级制，资本主义打破了等级制。中国由于没有经过资本主义，所以等级制至今影响不断，绵延不绝。现在也分等级（这和过去不一样）。这种等级划分决定人的待遇。其次就是家长制的影响，现在家长制在家庭表现不很明显，有的人管不了子女，却把威风发在单位里，存在着家长作风。这也是传统社会心理的影响。再次是重男轻女、男尊女卑的思想。这种思想至今未能消除，都愿意生男孩，不想要女孩。中国落后的原因很多，其中人口过多是造成中国发展缓慢的一个重要原因。最后，命运观念。这主要是受儒家佛教的影响，相信命运。社会心理的另一部分是同学术思想不一样的，如追求声色货利、富贵利达、升官发财等。这些思想是孔子、孟子、荀子、老子、庄子都批判的，后来宋明理学也批判的。可批判的结果是作用不大。这种思想至今影响还很大。另外还有鬼神迷信。儒家道家都不讲鬼神迷信，可社会上的鬼神迷信思想很严重，至今还有求神拜佛的现象。“一切向钱看”的风气尤其严重。在西晋时代有个隐士叫鲁褒，他写了篇《钱神论》，认为钱就是神物，钱起了最大的作用。一切人都追求金钱。他批评了拜金主义，也就是说在一千五百年以前就有人批评拜金主义了，可事实上拜金主义越来越严重，即使我们现在的社会主义社会，也仍然存在问题。以上的这些思想虽然不断地受到哲学家的批评，但一直消除不掉。

二、文化体系内部的各种联系

文化体系内部有很多层次、内容、元素，其相互间存在着许多联系。文化体系是一个非常复杂的体系，可以说是一个有机的体系。什么是有机？所谓“有机”，就是指它内部的许多部分都是密切联系，“此动彼应”，互相制约的。同时，我认为文化体系又是一个矛盾综合体。它的各部分内容之间不是没有矛盾的。相反，其内部包含着许多相互对立、相互冲突、相互矛盾的内容。另外，文化体系不是一成不变的，而是处于不断变化之中，它可以分为许多阶段。

那么，文化体系的变化，从旧阶段到新阶段，有什么规律呢？同时，在世界上有不同的地区，不同的民族，各有不同的文化体系，这些不同体系之间互相影响，互相交流，其中包含着什么规律性的东西呢？这也是个重要的问题。还有文化同政治、经济有什么联系？也应引起注意。

我认为文化体系内部的各文化元素之间，有可分离的关系和不可分离的关系，有相容的关系和不相容的关系，只有研究这些关系，才能合乎规律地改造文化体系。这个问题很复杂，这里我仅举几个重要的例子加以说明。第一，宗教和无神论是不相容的。宗教相信鬼神、上帝，而无神论正好相反，不承认上帝、鬼神。这是不相容的。第二，平等思想和等级思想是不相容的。平等思想要求人权平等、人格平等；等级思想则强调人分等级。第三，专制主义与学术自由是不相容的。专制主义不允许思想自由。第四，民主与平等意识是不可分离的，民主一定要有平等意识。不承认平等，讲民主就是一句空话。第五，科学同思想自由是不可分离的。必须有思想自由，科学才能发展。而思想自由与专制主义是不相容的。所以，科学与专制主义是不相容的。第六，科学进步与经济发展是不可分离的。经济发展离不开科学进步，科学进步也需要有经济发展。由此可以探讨，社会主义和商品经济是什么关系？过去我们认为，社会主义同商品经济是不相容的，事实证明，二者是相容的。另外，经济发展与儒家思想是一种什么关系？韦伯提出，在儒家思想的支配之下，就不能产生资本主义经济，认为儒家思想与经济发展是不相容的。可是现在的日本和亚洲“四小龙”的实践证明，他们的经济发展利用了一部分的儒家思想，从而证明了经济发展同儒家思想还是相容的。或者说，儒家思想中有跟经济发展相容的部分，也有不相容的部分。再次，创新和继承是什么关系？有一种说法认为，一定要与传统彻底决裂。事实上创新离不开继承，创新和继承是相容的。列宁讲得很明确，他在《青年团的任务》一文中说，“只有确切地了解人类全部发展过程所创造的文化，只有对这种文化加以改造，才能建设无产阶级的文化”，“无产阶级文化应当是人类在资本主义社会、地主社会和官僚社会压迫下创造出来的全部知识合乎规律的发展”。所以列宁并不是要对过去的文化全部抹杀，还是要继承。创新与继承是相容的，但与守旧是不相容的。我们应该向西方学习，赶上西方，可是学习西方同发扬民族精神并不是不相容的。西方虽然都是资本主义，但它的每个国家都有自己的民族精神。如法国强调法兰西精神，英国讲盎格鲁·萨克森精神，美国讲美利坚精神，德国对民族精神更为重视，大讲日耳曼精神，日本也讲大和精神。那么中华民族就不能讲民族精神吗？我认为，我们也应肯定有一个中华民族的基本精神。一定要发现这种精神、认识这种精神、理解这种精神，然后发扬提高这个精神。我认为这个精神就是《易传》上所讲的两句话：“自强不息、厚德载物”，一方面是发挥主动性，积极向上、奋发努力、永远前进、坚强不屈；另一方面是厚德载物。中国自古以来不想向外侵略，修建长城就是个例证。长城是一种防御的设备，不想向外扩张，表现了爱好和平的态度。

三、中国文化发展的根据与落后的原因

我国古代文化是独立发展的，这种不断的发展必然有其发展的内在根据，有其发展的思想基础，这是个重要的问题。到了 15 世纪以后，中国越来越落后了，从明朝起，中国开始迟滞徘徊，虽然也有一定的进步，却是在慢慢地“爬行”。而西方那时开始腾飞。这样，中国“爬”了三百年，而西方却“飞”了三百年，造成了很大的距离。那么，落后的原因何在呢？这必然引起人们的思考，对此应有个明确的认识。我认为，中国古代文化的发展一定有其内在的思想源泉，这个思想源泉就是儒家的“自强不息”的刚健思想，它的影响很广泛。因为这个思想是《周易·大传》上提出的，这部书过去认为是孔子作的，通过孔子的权威，对知识分子、政治家、思想家，以至广大人民都产生了影响。另一方面，道家的批判意识对中国古代文化发展也起到了进步的作用。除此之外，一些消极的思想却对中国古代文化起着消极的作用，如儒家的等级思想，讲君权，“三纲”等。

那么，自明朝以后中国为什么落后了呢？我认为，最主要的是政治上的原因（当然经济原因是最基本的）。从明太祖朱元璋开始，畸形地强化了中央集权的君主专制主义。明太祖取消了宰相，加强对士大夫的统治，压制知识分子。同时实行文化专制主义，“八股取士”，扼制了文化学术的发展。到了清朝又大兴“文字狱”，用字不对，便砍头并株连三族、九族，满门抄斩，搞得非常残酷，把知识

分子压制住了，根本不能发展学术。所以，我认为，明清时代专制主义的空前强化，严重阻碍了中国文化的发展，同西方的距离拉大了。西方能突破教权，摆脱思想束缚，出现了哥白尼、布鲁诺、培根、伽利略。鸦片战争之后，中国面临着亡国灭族的危险，经过激烈的斗争，民族独立保住了。到了辛亥革命，打倒了皇权，从表面上推翻了专制主义，但专制主义的思想还存在着，至今这样的思想也很严重。我们应该对症下药，根除这种影响。

四、文化变革的道路

现在我们的目标是创造新的中国文化，我们的方向已经明确，就是要建设具有中国特色的社会主义物质文明和精神文明。这个方针是完全正确的。在这个方针的指导下，我认为文化变革就是要建立新的中国文化体系。只要清除消极的障碍，建立这个体系并不太困难。我认为，要实现这个目标，主要应做到以下两条：

1. 开辟学术昌盛繁荣的新时代

现在我们已经跨入了学术昌盛繁荣的新时代了。这里分别就科学、文学、哲学不同领域的不同情况，作点分析。

(1) 自然科学。要振兴自然科学，就是要接受西方的科学传统，要引进、移植西方的先进技术。同时必须为自然科学的发展提供财政的帮助。与此同时，还要发扬中国医学的传统。在科学方面，中国能与西方相提并论的，就是中国医学。

（2）文学艺术。既要学习、借鉴西方的创作手法，又要同中国的语言文字结合起来。

（3）哲学。我认为，首先应确定主导思想和百家争鸣的关系。每一个社会都应该有个主导思想。中国古代，把孔子思想、儒家思想定为一尊，把孔子奉为最高的思想权威。社会主义是以马克思主义为指导的，同时还要提倡不同学术观点的争鸣。我认为，既应该肯定一个主导思想，一个主要权威，同时在学术上又应兼容百家。应该肯定唯物论是我们社会的指导哲学，同时应允许各种哲学流派的存在，不要随便加以铲除。我认为应该提倡建立不同学派，让它自开自落，这才是发展学术唯一正确的方针。现在西方各种哲学纷呈，但基督教在维持人心上还是起主要作用。因为人类有个特点，即需要有个精神寄托。西方很多人信仰上帝，皈依上帝，要找个精神寄托。中国过去尊崇孔子，《大学》上讲，“大学之道在明明德，在亲民，在止于至善”，就是追求一个最高理想，按最高理想来作事，便心安理得，一般人也讲“天理良心”，总有一个精神寄托。中华人民共和国建立后，“为共产主义理想而奋斗”是我们的理想信念，然而经过“文化大革命”，这种理想曾遭到严重破坏，如今再建起来就很费力。现在很突出的一个问题就是，怎样使一切人有个精神寄托。那些搞不正之风的人，就是没有一个精神寄托。

2. 社会心理的改造

要改造传统的社会心理，因为传统的社会心理有许多腐朽意识，一直到现在还很流行。主要是等级意识，保守意识，崇拜金钱、权力，重男轻女，鬼神迷信等。这些意识有其存在的经济基础和政治原因。小农的自然经济和专制主义的影响很大，改变起来很困难。我们的重要任务就是要培养民主意识，同时要认识科学的价值。所以，健全民主，提倡科学，应成为社会主义建设的两大任务。消灭那些不健康的、腐朽的社会心理是一项非常艰巨的工作。

建立新的文化体系的中心点，就是价值观和思维方式的变革。价值观的变革，主要有三个问题：第一是个人和社会的关系问题；第二是人的精神生活与物质生活的关系问题；第三是道德和生命的关系问题。我们有道德原则，道德理想，同时要发挥生命力。个人和社会究竟应是一种什么关系呢？现在流行的思想是个人本位、自我中心。由于儒家不太重视个人自由，个性自由，所以现在提倡个性自由是必须的。但是“自我中心”的说法恐怕并不正确。因为每个人都有一个“自我”，光肯定自己的主体性，而不肯定他人的主体性，是不行的。我认为儒家忽视个人自由是一个缺陷，但儒家特别强调人与人的和谐关系，肯定别人，尊重别人，主张“爱人”“敬人”，这个原则还是正确的。孔子所谓“己欲立而立人，己欲达而达人”，就是说首先我要“立”，要建立我的主体性，我有我的要求、我的理想；但同时要尊重别人，并帮助别人建立主体性，要肯定自己的主体性，也要肯定承认别人的主体性，人我并重。孟子说“杨墨之言盈天下”。杨朱是“为我”，墨子讲兼爱。五十年代我们主张为人民服务，“毫不利己专门利人”。现在人们谈论自我中心较多，可以说是杨朱之言盈天下。肯定自我是应该的，但以自我为中心就不恰当了。人的物质生活需要是应该重视的，但人还有精神生活的需要。坚持人格的尊严，提高道德意识，都是精神的需要，也是应该重视的。

另一方面是道德和生命的关系问题。德国哲学家康德讲“善良意志”，他认为人的道德理性非常尊严，具有最高的价值。后来尼采主张权力意志，认为善良意志毫无意义，应扩张自我的力量。我认为，既应肯定人的生命力，也应承认善良意志。人类社会如果离开了善良意志，社会就不能存在了。只讲康德或只讲尼采都失之偏颇。这个问题很复杂，我今天不能展开多谈。

其次，思维方式的变革也很重要。中国古代长于辩证思维，这是大家所公认的。后来又介绍进来了黑格尔的辩证法及马克思主义的唯物辩证法，马克思主义辩证法可以说是深入人心，这一点应当承认。但是真正遵循辩证法又很困难。有许多号称辩证法大师的，事实上又违背了辩证法，例如斯大林，以前，有一本书叫《辩证法大师斯大林》，而事实上他却有不少地方违反了辩证法。实际上讲辩证法和用辩证法是两码事。讲辩证法就是要克服一点论，讲两点论，这是对的，但我觉得也应该承认“三分法”，前些年若提出三分法，就被认为是反动的，事实上，像善恶，就有非善非恶的情况。美丑也有非美非丑的现象。人们常说“啼笑皆非”，事实上不哭不笑乃是正常的现象。“中间大，两头小”这不就是三分吗？中国古代哲学家张载写的《正蒙》，其中《参两篇》，又讲三，又讲二，这是比较全面的。另一方面，中国传统的辩证思维，带有笼统思维的毛病。讲话笼笼统统，哲学家使用名词不下定义，提出一个命题也不加以论证。中国传统哲学缺乏分析的方法，这一点是我们的不足，应向西方学习。

总之，我认为，要建立新的文化体系，就要总结过去，发扬创造精神，创造新的观念，新的体系。近代西方的一个最重要的精神就是创造精神，我们学习西方就应学习这种精神。创造就是有新的发现、新的发明、制作新的工具。科学已经很进步了，但是未知的领域还很多，需要探索，如气功自古有之，但至今还是一个谜。现在人类生存与发展遇到了许多困难，如人口爆炸、资源枯竭、环境污染等，人类处于关键时代，中华民族更是处于关键时代。因此希望年轻的同志能对解决这些问题做出贡献。

中国文化的改造与复兴

二十一世纪将是中国文化复兴的世纪，中国文化必将赶上西方的步伐而且独放异彩。

一、文化更新的基本规律

中华民族屹立于世界东方，创造了自成体系的中国文化，而且影响广被于东亚地区，成为东亚文化的中心。近代以来，与西方相比，中国严重落后了。由于落后，于是遭受了民族的屈辱，出现了一次一次的革新运动。“五四”新文化运动更对于传统文化进行了全面的猛烈的批判。于是反传统文化的浪潮涌起，出现了全盘西化的动议，以为必须全盘否定传统文化才能迅速赶上西方。但是事与愿违，全盘西化论只引起了思想的混乱，并没有成为促进文化发展的动力。这主要是因为，全盘西化论违背了文化发展的客观规律。

文化发展的过程包含古今关系（过去与现在的延续关系）、内外关系（本国文化与外邦文化的交流关系）以及内部“两种文化”的关系。列宁关于“两种文化”的论断是非常重要的。民族文化之中既有消极的落后方面，也有积极的进步的方面。民族文化内部所包含的进步的思想意识是文化向前发展的内在契机，亦即本民族文化的生命力之所在。必须对于民族文化的内在生命力有所认识，并加以发扬，才能促进文化的健全发展。

在古今关系方面，要处理好继承与创新的关系，创新只能是在批判继承上有所前进，要超越传统必须首先了解传统。在内外关系方面，要处理好开放与独立的关系，文化的发展要借鉴外邦文化、吸收外邦文化，但同时要保持民族的主体性、独立性。必须资外以宏内，不能徇外而蔑内。如果失去了民族文化的独立性，那就沦为外邦文化的附庸了！如果丧失了民族的自尊心和自信心，文化的正常发展也将是不可能的。

二、文化体系的分析与综合

文化包含多层次、多方面、多项目的内容。每一项目又包含许多要素。每一时期的民族文化形成为一个枝叶扶疏的宏大体系，其中各个项目、各个要素密切相关，但不是清一色的“铁板一块”，其中的项目、要素有些是密切结合不可离析的，有些不但可以离析而且是相互矛盾、相互差异的。

举例来说，文化的核心部分是哲学思想。中国古代哲学有许多派别，春秋战国时期百家争鸣，各自立说，相互辨诘；汉代以后，儒学定于一尊，但道家、墨家的反儒篇章（如《墨子·非儒篇》）、《庄子·盗跖篇》仍保存下来，并未毁弃。隋唐时代，三教并尊，道佛与儒学鼎足而立。宋代理学兴起，号为正学；但反对理学的言论仍大量存在。这些情况表明，自古及今，文化的不同要素纷然杂陈，都是可以分别观之的。

文化的发展过程就是文化的不同要素的新故推移、选择取舍的过程。就中国古代哲学而论，汉代初期选择黄老之学作为主导思想，兼容百家之说，但黄老之学比较缺乏进取精神，于是汉武帝采纳董仲舒的建议，独尊儒术，罢黜百家，于是转入经学时代，其最严重的后果之一是曾经与儒并称“显学”的墨学中绝（墨学的中绝还有社会原因），墨学的中绝，对于后来名辩之学与物理之学的发展有严重的影响。而近代西方学术的特色之一正是名辩之学（逻辑）与物理之学有巨大的发展。从一定意义上可以说，儒墨的盛衰显示了中西的异同。

综观古今中外的历史，许多文化要素是可离可合的，而每一时期的选择也有得有失。

有些文化要素是不相容的，如民主与专制、科学与迷信。有些文化要素则是相容的，如道德与法律、文治与武功。在历史上，有的思想家往往将相容的认为不相容。韩非在《难势》篇中引述慎到之说“贤智未足以服众，而势位足以屈贤者也”，从而下结论说：“夫贤势之不相容亦明矣”。事实上，贤与势是相辅相成的，并非不相容。中国历史上所谓治世如文景之治、贞观之治都是贤势结合的典型。儒家重义而轻利，实则义利是统一的；法家重法而贱学，实则文化教育与法制是相辅相成的。

我们现在创建社会主义的新的中国文化，其任务之一是对于中国传统与西方文化进行分析选择，然后将古今中外的一切有价值的文化成就综合起来。分析综合的过程包含改造与提高，而不是简单的缀集。这是一项创造性的艰巨工程。

三、正确认识中国文化的精粹思想

想了解中国文化的前途，必须了解中国文化中的精粹思想。在中国传统哲学中，有一些真知灼见、精思睿智，对于文化的发展、民族的昌盛，曾起过鼓舞、激励的指导作用。这里举出四点：（1）人格意识，（2）有机整体观，（3）刚健自强思想，（4）爱国观念。这些都是有生命力的精粹思想，值得认真体会，大力发扬。

（1）人格意识：《周易·蛊卦》："上九，不事王侯，高尚其事。象曰：不事王侯，志可则也。"这是赞美不事王侯的人具有崇高的人格。孔子肯定每一个人都具有独立的意志，他说："三军可夺帅也，匹夫不可夺志也。"（《论语·子罕》）孔子又论当时的处世态度说："贤者辟世，其次辟地，其次辟色，其次辟言。"（同书《宪问》）这辟世、辟地、辟色、辟言虽然情况不同，但都表现了独立的人格。孟子引述曾子的言论说："晋楚之富不可及也，彼以其富，我以吾仁；彼以其爵，我以吾义，吾何慊乎哉？"（《孟子·公孙丑下》）这表现了不屈服于权势的独立人格。孟子更提出了大丈夫的人格标准："富贵不能淫，贫贱不能移，威武不能屈，此之谓大丈夫。"（同书《滕文公下》）这大丈夫的人格理想到今天仍能给人以深切的启迪。儒家都很重视人之为人，主张保持作为"人"的人格。孟子提出

“人之所以异于禽兽者”，荀子提出“人之所以为人者”。孟子以为人之所以异于禽兽者在于“皆有不忍人之心”，荀子以为人之所以为人者在于“有辨”，即能辨别应当做的和不应当做的。

道家不赞同儒家关于人的理解，而更强调个人的独立自由。《庄子·外篇》云：“古之所谓得志者，非轩冕之谓也，谓其无以益其乐而已矣。……故不为轩冕肆志，不为穷约趋俗，……丧己于物、失性于俗者，谓之倒置之民。”（《缮性》）不要丧己于物，不要失性于俗，即保持自己的独立人格。

汉宋儒者大都宗述孔孟，重视保持一定的独立人格。秦始皇建立了中央集权的专制主义制度，其后经历汉唐宋明以至清代，专制主义愈演愈烈。专制主义就是要奴役人民，“使人不成其为人”。但知识分子士大夫以及广大人民也不断进行反专制的斗争。汉代以至明清，统治阶级与劳动人民的阶级斗争时缓时烈，同时存在着王权与士权斗争。士大夫虽然是维护君权的，但也重视自己的独立人格，力图发挥自己的作用，因而有一个“以天下为己任”的传统。《世说新语》记载：“陈仲举言为士则，行为世范，有澄清天下之志。……李元礼风格秀整，高自标持，欲以天下名教是非为己任。”（《德行》篇）陈蕃、李膺可以说是知识分子力图移风易俗的典型。明代设“廷杖”，以摧残士气；清代大兴文字狱，以禁锢思想，这都是王权压制知识分子的措施，而知识分子以气节为尚，以不同的方式勉力保持自己的“人品”。

（2）有机整体观：众所周知，中国古代哲学富于辩证思维。辩证法是一个翻译名词，如果用中国固有的名词，可称为“通变法”。

中国哲学把天地万物看作一个整体，整体中各个部分息息相关。这整体之中充满了变化，变化的普遍规律是对立统一。老子提出“反者道之动”，所谓“反”即是否定性，老子认为否定是运动的基本方式。《周易大传》提出“一阴一阳之谓道”“刚柔相推而生变化”“生生之谓易”等精湛命题，明确揭示对立统一是普遍规律、对立的相互作用是变化的根源。宋代张载阐发《周易大传》的观点，提出“两”与“一”的观念，揭示对立与统一的相互关系：“两不立则一不可见，一不可见则两之用息”，“两故化”。肯定对立是变化的源泉。中国的辩证思维更表现于医学理论之中。由于辩证思维的高度发展，中国没有产生西方近代所谓“形上思维方式”。（按“形上思维”方式是黑格尔的用语，恩格斯采用之，其实应称为分解的思维方式。）事实上，辩证思维方式与形上思维方式是互相补充的。

（3）刚健自强思想：儒家和道家之间，曾经有关于重刚和贵柔的意见分歧。老子“贵柔”，以为柔弱可以胜刚强；孔子重刚，以为“刚毅木讷近仁”。《周易大传》提出“刚健”“自强”的原则。《文言传》云：“大哉乾乎！刚健中正，纯粹精也。”《彖传》云：“大有，其德刚健而文明，应乎天而时行，是以元亨。”又云：“大畜，刚健笃实辉光，日新其德。”这都是对于刚健之德的赞扬。《象传》云：“天行健，君子以自强不息。”意谓天体运行无休止，人应法天，永远向上，决不停息。儒家的刚健自强思想，在中国的长期历史上，对于知识分子和广大人民起了鼓舞、激励的积极作用，在今天看来，仍然具有重要的理论和现实意义。道家的“以柔克刚”的思想，作为一种策略手段，也曾受到重视，但没有成为主要的指导原则。时至今日，我们应该着重发扬的还应是“刚健自强”的精神。

（4）爱国观念：自古以来，中国即有保卫民族独立的爱国思想。孔子称管仲为仁，其理由即是管仲保卫了华夏的文化使不受夷狄的凌侵。他称赞管仲说：“管仲相桓公，霸诸侯，一匡天下，民到于今受其赐，微管仲，吾其被发左衽矣。”（《论语·宪问》）在春秋时期，华夏族与戎狄族交错杂处，到汉代而融合为汉族（汉族的名称当时还没有）。汉魏以后，存在着汉族与匈奴、鲜卑、契丹、女真等少数民族的斗争。到现代而融合为中华民族。在历史上，各族之间曾经有过不同形式的斗争，如宋辽金之争、满汉之争，在今日看来，都属于国内民族的斗争，但在历史上各族人民都在为保卫本族主权而奋斗，而且其间存在着正义与非正义的区别。如宋代抗金斗争、清初反清斗争，都具有爱国的意义。宗泽岳飞奋力抗金、文天祥谢枋得誓不降元，都表现了爱国的热忱，是值得歌颂的。

在古代，爱国与忠君是密切联系的，但也有一定的区别。《左传》襄公二十五年记述晏子在崔杼杀君之后说：“君民者岂以陵民？社稷是主。臣君者岂为其口实，社稷是养。故君为社稷死，则死之；为社稷亡，则亡之。若为己死，而为己亡，非其私匿，谁敢任之？”晏子区别了君与社稷，这是有重要意义的。社稷指国家政权。君与社稷的区别即君与国的区别。孟子则说：“民为贵，社稷次之，君为轻。”（《孟子·尽心下》）又说：“有事君人者，事是君则为容悦者也。有安社稷臣者，以安社稷为悦者也。”（《尽心上》）亦区别了社稷与君。所谓“安社稷”即保卫国家的主权。“安社稷”不仅是忠于君而已。应该承认，历代反抗异族入侵不惜牺牲个人生命的志士仁人，确实是爱国主义的民族英雄。

明清之际，顾炎武、王夫之、吕留良等思想家宣扬“华夷之辨”，虽然含有轻视少数民族的狭隘民族主义的倾向，但以维护民族主权的爱国思想为主要内容。他们坚决反对异族入侵，但决不赞同对外侵略。他们是主张不同民族和平共处的。应该承认，中国历代知识分子和劳动人民有一个爱国主义的传统。

鸦片战争以来，中国遭受外国列强的侵略，爱国志士、广大群众，奋起抗争，表现了炽烈的爱国主义的激情。经过百年的艰苦战斗，中国人民取得伟大的胜利，“中国人民站起来了”！这一百多年的爱国思潮与过去历史上反抗异族入侵的斗争是一脉相承的。

四、文化创新之路

我们现在的历史任务就是建设社会主义的新的中国文化。这一方面要批判继承传统文化的优秀遗产，一方面要选择吸收西方文化的先进成就。无论批判继承优秀传统或选择吸收西方成就，都要以社会主义的基本原则作为标准。社会主义社会是遵照辩证唯物主义（包括历史唯物主义）的基本原则建立起来的，辩证唯物主义是社会主义社会的最高指导原则。辩证唯物主义开辟了探索真理的广阔道路，指导着人们不断前进。

“五四”新文化运动高举科学与民主两面旗帜。其实在“五四”以前，严复已经大力提倡科学，孙中山的民权主义亦即民主主义，“五四”新文化运动特别宣扬科学与民主，仍有振聋启聩的作用。过去以为科学和民主都是舶来品，是中国本来没有的。事实上，中国古代既非没有科学，也非全无民主，英国著名科学家李约瑟撰写了几大本的《中国科学史》（原文是“中国科学与文化史”，译本改为《中国科学技术史》，不尽合原意。）以充分的证据证明中国是有科学的，不过没有发展成近代实验科学。一般认为，西方古希腊曾实行贵族的民主制，而中国只有专制制度，这也不合事实。姑不论唐虞（尧舜）政制，在春秋时期，郑子产不毁乡校，表现了明显的民主作风。孟子的“民贵君轻”之说是民本思想，还不是民主思想，但是孟子还说过：“左右皆曰贤，未可也，诸大夫皆曰贤，未可也；国人皆曰贤，然后察之，见贤焉，然后用之。左右皆曰不可，勿听；诸大夫皆曰不可，勿听；国人皆曰不可，然后察之，见不可焉，然后去之。左右皆曰可杀，勿听；诸大夫皆曰可杀，勿听；国人皆曰可杀，然后察之，见可杀焉，然后杀之。故曰国人杀之也。如此，然后可以为民父母。”（《孟子·梁惠王下》）国事由国人来决定，这不是民主思想吗？后来宋元之际邓牧著《伯牙琴》，明清之际黄宗羲著《明夷待访录》，都提出了明显的民主思想。中国传统思想中存在民主思想的端绪，不过没有产生资本主义的民主制度而已。

了解中国古代科学曾经有丰富的成就，了解中国古代也曾有初步的民主思想，可以增强民族的自信心和自尊心。当然更要保持虚心的态度。

提倡科学，要重视可以作为科学的理论基础的哲学。发扬民主，要重视可以作为实现民主的条件的道德。

文化的发展必然包含哲学思想的繁荣。我们要坚决肯定辩证唯物论的主导地位，同时要贯彻百家争鸣的正确方针。这两者之间并无矛盾。因为辩证唯物论并不排斥任何新发现的真理，而违反真理的谬论只有在辩论中才能加以克服。

社会主义社会以社会主义的人道主义作为道德的最高准则，对于传统道德要进行分析改造。千百年来劳动人民所赞扬的传统美德，如“廉洁”“信义”“勤俭”，仍应大力宣扬。要改造“忠”的观念，废除忠于君主、忠于个人的忠，宣扬忠于民族、忠于人民、忠于祖国的忠。要改造“孝”的观念，取消绝对服从的愚孝，提倡在人格平等的基础之上的父慈子孝，敬老慈幼。传统道德的最高规范是“仁”，“仁”可以说是古代的人道主义，我们今天实行社会主义的人道主义，在一定意义上也可以说是“仁”的批判继承。

建设社会主义的新的中国文化，既要慎重总结传统文化，又要虚心学习西方文化，同时更要发挥创造性的思维，在前人已有的基础上，有所发现，有所发明，有所创造，有所前进，只有在哲学、科学、文学、艺术等各方面都呈现了繁荣兴盛的景象，社会风俗亦有大的改进，才能表现出社会主义文化的优越性。

中国人民有勇气有决心建成社会主义的中国新文化。

试论中国文化的新统

中国文化，源远流长，在几千年的文化发展过程中，有几次巨大的转变。殷周时代，可以说是中国文化的开创时期；春秋战国出现了百家争鸣的盛况，可称为诸子时代。秦始皇焚书坑儒，使文化的发展受到一次严重的挫折。汉武帝罢黜百家、独尊儒术，于是儒学的经学占了统治地位，开始了经学时代。在经学时代，百家争鸣的盛况不见了。两汉之际，印度的佛学输入，到魏晋南北朝时代而逐渐盛行起来，隋唐时代形成儒、释、道三教鼎立的局面。北宋时期，理学兴起，对于佛道“二氏”进行了批判，重新发扬先秦儒学。从南宋到明清，可称为理学时代。明代后期，欧洲传教士来到中国，致力于中西文化的交流。清代中期，鸦片战争以后，出现了严重的民族危机，于是一些进步人士向西方寻求救国之道，形成为西学东渐的新时代。

中国文化的长期发展过程中，有两次中外文化交流。第一次是佛学输入；第二次是西学东渐。

佛教传入中国，开始于两汉之际，当时流传不广。经历东汉、三国到魏晋南北朝时代，佛教逐渐盛行起来。到隋唐时代而达到高潮。唐代采取三教并尊的政策。在哲学思想方面，佛学的内容比较丰富，而儒学则比较淡薄。但是隋唐的政治教育、典章制度仍以儒学为本。一些佛教流派接受了中国传统文化的影响，逐渐中国化了。思想史家称禅宗慧能的学说为中国化的佛学。但是禅宗在传承系统上仍远尊释迦，近宗达摩，自以为继承了印度的传统。

在唐代佛学兴盛的时节，韩愈发起了排佛运动，而鼓吹“尧舜禹汤、文武周公孔子之道”。韩愈批判佛老，其矛头主要针对外来的佛教，具有保卫民族传统的意义。到宋代，程颐、朱熹提出了“道统”的观念，自以为直接继承孔孟之学。“道统”说表现了独断的态度，但是对于保卫民族传统还是有积极意义的。

理学家采纳了佛学与道家的一些思想观念，讨论了佛学与道家所提出的一些理论问题，从而为孔孟学说补充了本体论与认识论的基础，在本质上是先秦儒学的发展。有些人因为理学家受佛老的影响，于是认为理学是“阳儒阴释”，或认为“朱羽陆释”，其实都是从表面上看问题，例如理学家重视心性的讨论，强调了心性问题，这是受到佛学的影响；但是，理学家所谓心性实与佛家所讲的心性大不相同。朱熹宣扬“性即理”，陆九渊宣扬“心即理”，其所谓理都是指仁义礼智之理，亦即父子君臣之理，这就与佛老学说根本相反了。

理学改变了三教并尊的局面，而成为宋元明清时代的主导思想，不是偶然的。理学虽然包含许多迂阔的观点，但是在根本上还是发扬了先秦儒家“以人为本”的思想，强调了人格价值，这在当时是具有积极作用的。

十九世纪四十年代，鸦片战争以后，中国受到资本主义列强的疯狂侵略，志士仁人都在谋求救亡图存的方略。康有为、梁启超主张变法维新，孙中山、章太炎号召革命，严复比较系统地介绍了西方的先进思想。到“五四”运动前后，西方近代许多学派的思想都介绍到中国来了。一些学者思想家希望在西方学术中找到救国之道。但是，各种学说虽然曾经流行一时，但是都不能解决挽救民族危机的问题。唯有无产阶级革命家以马克思列宁主义为指导来解决中国革命的实际问题，终于取得了胜利，建立了中华人民共和国。“唯有社会主义能救中国”，“没有共产党就没有新中国”，这是历史证明了的真理。

指导中国革命取得胜利的马克思主义，不是教条式的马克思主义，而是与中国革命实际密切结合的马克思主义。在政治上，马克思主义必须与中国革命实际相结合。在文化方面，马克思主义应与中国文化的优秀传统相结合。

恩格斯在《路德维希·费尔巴哈与德国古典哲学的终结》的结束语说：“德国的工人阶级是德国古典哲学的继承者。”（《马恩选集》第4卷第254页）我们中国人，学习马克思主义，也必须学习德国古典哲学。但是，作为中国人，仅仅学习德国古典哲学，够不够呢？我认为还不够。作为中国人，在学习马克思主义与德国古典哲学的同时，还应是中国古典哲学的优秀传统的继承者。

马克思主义与中国文化优秀传统的结合，应是中国文化发展主要方向。

时至今日，理学的时代久已过去了，应该建立中国文化的新统，事实上，中国文化的新统已经在建立之中。

每一民族的每一时代的文化，都构成一个体系。在每一时代的文化体系中，必然有一个主导思想成为占统治地位的思想。而在这主导思想之外，又有多种支流思想。如果对于那些与主导思想不同的各种支流思想采取压制的态度，必然引起文化发展的停滞。如果各种支流思想杂然并陈，纷纭错综，而没有一个占统治地位的主导思想，则不利于社会秩序的稳定。从世界文化史来看，每一民族每一时代的文化，既须确立一个主导思想，又须容许不同流派的存在，才能促进文化的健康发展。

我认为，新时代的中国文化应以唯物论与辩证法为主导思想。也就是说，新时代的中国哲学，唯物论与辩证法应占主导地位。而中国的唯物论与辩证法应是马克思主义与中国哲学中的唯物论与辩证法的优秀传统的综合。纵观古今，展望未来，应该肯定唯物论在哲学中的主导地位。但是同时应允许唯心论以及自称既非唯心也非唯物的各种思想流派的存在。现在世界各国都允许宗教信仰的自由，中国也允许各种宗教的信仰自由，既然允许宗教信仰的自由，则理应容许唯心论的自由，这是合乎逻辑的。

应该承认，灿烂光辉的中国文化已在诞生成长之中。

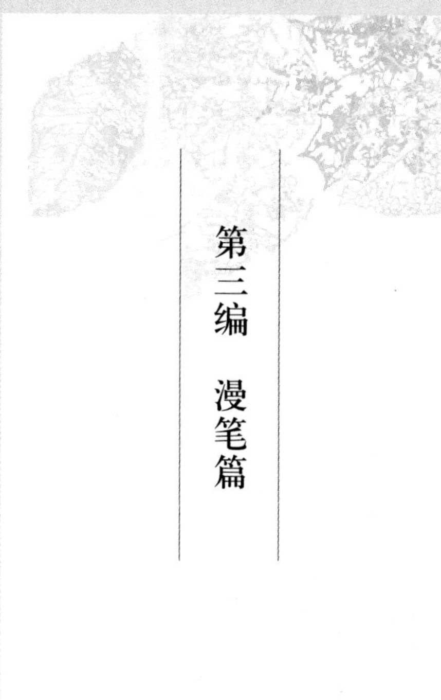

第三编　漫笔篇

爱　智

爱智，是古希腊文中哲学的本义，然实亦是一切哲学之根本性质。

我们想知道哲学的含义，实莫若吟味“爱智”二字。爱智即对智慧发生爱慕之情，追求不已，以之为生命，即为之牺牲，亦在所不惜。

孔子言“朝闻道，夕死可矣”，苏格拉底自称无知，而不惜为真知而死。这都是爱智之典型。荀子之言“解蔽”，亚里士多德之所谓“吾爱吾师，吾尤爱真理”，也都是爱智之表现。

真正的哲学家，莫不真切地爱智。哲学派别极多，各家面目迥异，然均不违乎爱智。即如庄子，虽尝以知为凶器，但亦极力求真知。

哲学家因爱智，故决不以有知自炫，而常以无知自警。哲学家不必是世界上知识最丰富之人，而是深切地追求真知之人。哲学家常自疑其知，虚怀而不自满，总不以所得为必是。凡自命为智者，多为诡辩师。

爱智，换言之，即对事物“深察不已”察而又察，不以已察者为满足，而更审察之。惟其为深察不已，故或欲深入实际，不以表面的知识自满；或欲审勘、衡量一切科学之根本假设，厘清一切科学之根本概念与命题。

深察不已，即察而复察其察，这就产生了知识论，古代哲人对此作了长期探索。

博若德（C. D. Broad）分哲学为二种：玄想哲学与批评哲学。此二种哲学的性质虽不相同，但亦有共同之点，即均有深察不已的表现。玄想哲学欲深入客观实在，其目的在于“究其极以通万殊”，不以表面的部分的知识为满足，而欲考察客观实在于其全体。批评哲学则以为只凭思辨不足以深勘实相，故以深勘实相之事让于实验科学，而自以衡核科学之根本概念为任务。二者固同出爱智一念，而衡核一切科学之根本概念，更表现了深察不已之精神。

哲学是爱智，故只要人类爱智之心不亡，则哲学必然不亡。世界之事物，繁赜至极，总常有具体科学所未及探索的问题，此种问题亦即哲学所取而讨论的。此种问题常有，故哲学常有。

常人如发生真切爱智之心，便会对哲学问题发生兴味，科学家如作进一步的深察而注意根本究竟的问题，便会成为哲学家。

爱智固是一切哲学之根本性质，但哲学家亦常有部分地违此性质者，常变爱智为炫智。在爱情上，常由爱而转为占有；哲学家之爱智亦然，常由爱智转而为占有智，自谓惟彼研究所得为真知，其他一切俱非真知，惟他一人是真知之占有者。更有偏好立异者，以建立独特系统为能事，殚精竭思，惟求自异于众，而不肯承受他人已经发现之真理。实则诚如庄子所说：“以出乎众为心者，岂出乎众哉”？

我国二千年来哲学进步之迟缓，由于各哲学家不能纯以爱智为心者不少。此实今后治哲学者之所当戒。

哲学之进步，系于哲学家爱智之程度。

哲学家们能纯乎爱智，则哲学进；哲学家们不能纯乎爱智，则所言常只是戏论。

辩证法与生活

一

辩证法之为真理，在今日已愈来愈明显。能深解辩证法并能对近今科学上的新说有所了解的人，必然认此言为不谬。现在所讲的辩证法，虽形式未免粗疏，尚待精密化，但其大体却不容否认。本来，辩证法是宇宙大法，所该范围甚广，非一时所能探索周尽，若不力求通晓而即反对之，则后日对此有所悟解，必然深悔其以前之冒昧粗鲁。

辩证法既是宇宙的规律，也是一种科学方法。它不仅能指导人们研究客观世界，还可运用到生活中去。这一点是非常有意义的，却很少有人注意。

假若你在生活中能注意辩证法，你就能得到良好的快乐的生活。你愈能运用辩证法，你的生活就愈好，也愈有价值。

只有用辩证法观察外界现象，才能对现象中的矛盾给予适切的解释；亦只有用辩证法观察生活中的矛盾，才能对这种矛盾予以适切的解决。

二

辩证法的精旨在于：矛盾而一体（或内在矛盾），对立而统一，一切皆转变为其相反，而皆不完全消灭；一切皆一总体中的矛盾部分，一切又皆各有其矛盾部分，而世界乃一矛盾的发展历程。把辩证法运用在生活上，其要谛在于：对生活中任何事，都要观察其中的矛盾，观察其与周围事物的种种联系。这样便可看出，一切现有的事物皆有毁灭之日，一切苦难皆是进步之因缘。一切活动，必遇到反，必经过斗争，然后乃能精练，乃能提高。必有否定，乃能有进一步的肯定。厄运可以是使一个人的生活得到提高充实的条件。欲得到更好的生活者，必先否定其现在的生活。而一切负的皆有正的意义。

三

在生活中能运用辩证法，便可免除许多无谓的烦恼，甚至能使人死里逃生，看出处处是活路。譬如失恋，本是使人感到痛苦的事，但辩证地看，你不必为此惆怅、苦恼，这是告诉你到了专心努力于工作的时候了。不惟如此，只要你在事业上有成就，便有找到更合适更好的伴侣的可能。

从辩证法来看，一切挫折，都可变为成功之路的指引；一切拂意之事，都可成为激励人们奋进以遂意的动力。

运用辩证法，能使你应付环境的变化，克服生活中的困难。能使你对事物变化的由来有深刻的了解，并预见将要变到哪里去。运用辩证法，能使你看清困难的实在意义，知道困难终必消失，并由此深悟苦境即是佳境。

这样看来，运用辩证法便可得到一种解脱术。它能使人不忧、不惑、不惧。处处是活路，故不忧；能了解现实一切变化并能推测以后将出现的变化，故不惑；知目前之困难终有消灭之日，故无惧。

可见，辩证法能使一个人过快乐的生活。

生活是充满了矛盾，辩证法是解决矛盾之大法，故辩证法是生活之指针。

四

我们说苦境即是佳境，并不意味着应当安于苦境，忍受苦境，而是主张冲破苦境。只有辩证地认识苦境，我们才能努力奋斗，把生活提高，从而变苦境为佳境。辩证法的人生观，从根本上说它是运动的，是要斗争的。我们应知道，世界是矛盾演进的历程，生活是奋斗不已的历程。生活由矛盾而进展，经一次折磨乃得一次提高，所以我们应当在生活中坚持斗争。不过，与此同时，亦须有宁静，须注意谐和，做到静以养动，动以济静，以期在生活中居于不败之地。用辩证法来过生活，必须“自强不息”，“日新，日日新，又日新”，决不可以现在自囿，决不可向不理想的现实妥协。要清醒地看到，不合理的现实是可以变革的，一切阻挠自己前进的东西皆终有克服之一日。这样，就决无所惧。对于困难，我们决不可逃避，应当迎接之，战胜之。我们要不断地提高生活，不可怕困难之不断地增加。面迎艰苦而克服之，即是辩证法的人生观。当然，我们也要谨慎，若力量不足而困难很大，则须另取权宜之计，以免为困难所压倒。在人生途程中，固应不畏牺牲，但也不要作无谓的牺牲。

运用辩证法于生活，能提高我们的认识，不把自己看作一个孤立的人，而把自己看作一个社会中的人，且是某一时代的社会中的人。这样，就会不忘记与自己同在一个社会中的大众，就会看出社会中存在的分裂与对立的现象，并由此而希望，甚至采取实际行动，去改变许多被迫以自己为他人之工具而过着非人生活的人的命运。

辩证法的人生观，既是快乐主义的，又是理性主义的。它在根本上赞成满足大众之欲望，而反对少数人之穷奢极欲。它希望全体人的生活得到提高，尤其企求被压迫群众得到解放。我们要使人人都得到同样的享受，使被压迫群众从非人的状态中解放出来，就应当艰苦地工作，创造各种必要条件，以期达到目的。

我们在自己感到快乐时，应当想到此时还有若干人在受苦，并考察我的乐是不是由他人之苦换来的。

辩证法的人生观是革命的，它使我们认识到历史是矛盾演进的历程，理想之真正实现，必须通过革命。

从辩证法来看，不合理的现实是要毁坏的。世界总是常新的，符合大众利益的理想总会实现的。我们应当坚持这种理想，鼓起勇气，同不合理的现实搏斗。

从辩证法看来，生活是基于实际的理想而不断地改变现实的历程。理想不容许是空想，空想不能改变现实。理想由现实而产生，它是将来的现实之先见。

五

中国很早就有人讲究辩证地过生活。人事总是变化反复，充满矛盾冲突的，于是有些人便设想解决冲突，消弭矛盾的方法，如老子提出“贵柔”学说，可能是一种有效的法门，因为能柔弱就可避免与人倾轧，不遭人嫉忌，得以维持自己的现状。但这样过生活，却引出一个更大的毛病来，即不仅个人进步停滞了，也对社会产生严重的消极影响。

我们现在讲辩证地过生活，必须摒弃老子的“贵柔”学说，而注重刚动，注重奋斗不息。

善于运用辩证法，就能察觉到，有些表面上看来不可能的事会变成可能。例如俄国，从表面上看，其社会条件还不能进行无产阶级革命，但列宁从辩证法来看，断定在俄国进行无产阶级革命必能成功。可以说，俄国革命的成功，一部分原因即在于列宁的善用辩证法。

用辩证法来解析现象是学问，用辩证法来处理实际问题，乃是一种艺术。

六

总之，运用辩证法于生活，乃能得到一种快乐而有价值的生活。由辩证法来看，生活是矛盾进展的历程。生活中不能不有否定，否定可以成为促进、提高生活的动力。一切负的莫不有正的意义。生活即是经过否定而得到更高的肯定之前进历程。

六经注我、我注六经

宋代理学家陆象山（九渊）的《语录》中有这样一段：

> 或问先生：何不著书？对曰：六经注我！我注六经？

陆象山的这两句话后来成为两句名言。

这里“我注六经”容易理解，注六经就是对于古代经典作出解释。但一谈到解释，就有许多麻烦问题。对于一句古书，往往有几种不同的解释，究竟哪个解释是正确的呢？就以汉代的经学而论，不但今文经学与古文经学彼此不同，就在今文经学内部也存在着不同的派别。《汉书·艺文志》说：“昔仲尼没而微言绝，七十子丧而大义乖。故《春秋》分为五，《诗》分为四，《易》有数家之传。”到后来，更不止此数了。到宋代，宋儒解经，又与汉儒大大不同。清代经学家戴东原（震）说：“圣人之道在六经，汉儒得其制数，失其义理；宋儒得其义理，失其制数。”（《文集·与方希原书》）但是清儒的经解，也是议论纷纷，不相统一。这样，就很容易引出一种观点：每一个对于古书文句的解释，只不过是他一个人自己的见解，至于古书的原意已在不可知之数了。

于是“我注六经”实际上成为“六经注我”，即借六经来表达我的思想。在长达两千年的中国思想史上，这种情况确实是有的。就以朱熹的《四书集注》来说，其中有许多解释确实是以朱氏自己的观点来解释孔丘、孟轲的语句，借孔孟的权威来宣传自己的见解。虽然如此，但朱熹并不承认他是在歪曲孔孟的原意，他认为他是在严肃地从事“我注六经”的工作。

陆九渊讲“六经注我”的本意如何呢？他是否认为六经只是对于他个人的注解呢？恐怕也不能从字面来解释。他所谓我，其实是指心而言。他尝说：“孟子云：尽其心者知其性，知其性则知天矣。心只是一个心，某之心，吾友之心，上而千百载圣贤之心，下而千百载复有一圣贤，其心亦只如此。心之体甚大，若能尽我之心，便与天同。为学只是理会此。”(《语录》)而这个心的内容就是理。“天之所心与我者，即此心也。人皆有是心，心皆具是理，心即理也。”(《文集·与李宰》)所谓“六经注我”，其本意是说，六经都是对于我心中之理的解释。

在历史上，确实有借解释经典来宣扬自己的情况。但陆九渊所谓“六经注我”尚非此意。

解释古人语句，渗入解者自己的意见，这也是难免的。但是，是否因此就可以说，解释只是表达自己的意见，而古人语句的原意已不可知呢？我以为不然。

对于孔子说过的话，汉儒有汉儒的解释，宋儒有宋儒的解释，清儒又提出不同于汉宋的解释，众说纷纭，莫衷一是。如果由此得出结论说，孔子的原意已不可知。那么，老子所说如何呢？如果老子所说的原意亦不可知，孟子、庄子、荀子、韩非所说如何呢？如此推论下去，哲学史或思想史的研究就成为不可能了。

古今之间既不能传递信息，今人与今人之间就一定能相互了解吗？今人某甲所说的话，其原意如何，不也会发生不同的理解吗？

庄子就讲到这个问题，他说："夫言非吹也，言者有言，其所言者特未定也。果有言耶？其未尝有言耶？其以为异于彀音，亦有辨乎？其无辨乎？"（《齐物论》）人有所言，与小鸟的叫声有区别呢，还是没有区别呢？但是，庄子虽然提出这样的疑问，而他还是要著书立说，希望得到人们的理解。

我认为，人与人之间还是可以相喻的。至于古代思想家的言论，如果虚心体会，也还是可以理解的。虽然不可能达到百分之百的正确理解，还是可以达到百分之八十或九十的程度。司马迁所说"好学深思，心知其意"，正是我们尽力以求的理想。

戴震提出解经的方法论原则，他说："经之至者道也，所以明道者其词也，所以成词者字也，由字以通其词，由词以通其道，……则知一字之义，当贯群经、本六书，然后为定。"（《文集·与是仲明论学书》）又说："然寻求而获，有十分之见，有未至十分之见。所谓十分之见，必征之古而靡不条贯，合诸道而不留余议，巨细毕究，本末兼察。"（同上书《与姚孝廉姬传书》）戴氏力求阐发古代经典的本义。我认为，所谓十分之见还是难以达到的，九分之见或八分之见，也可以说"虽不中，不远矣"。

"六经皆史也"（章学诚），对于六经的研究，也是对于古史的研究。我们对于零碎断烂的甲骨都要进行研究，对于六经，可以认为没有研究的价值吗？但是，经学在学术领域占统治地位的“经学时代”久已过去了。今日研究六经，不过把六经看做上古的史料而已。

在经学时代，思想家们以解经的方式来表达自己的思想观点，这是历史条件决定的。今天，已经到达自由思想的时代，如有所见，大可直抒胸臆，不必也不应采取解经的方式了。

我认为，“注六经”的工作，还应有人继续做下去；至于以“六经注我”的方式来表达思想，在任何意义下，都是不必要的了。

研究新问题，提出新观点，让创造性的思维自由翱翔！

义理·考据·词章

将学术分为哲学、文学（文艺）、自然科学、社会科学（或称人文科学），这是近现代的事情。在中国，直到明清时代，学科的划分还不这样明确。清代学者将学术分为义理之学、考据之学与词章之学。段玉裁在《戴东原集序》中述戴震之言云："有义理之学，有文章之学，有考核之学。义理者文章考核之源也，熟乎义理，而后能考核、能文章。"段氏接着说："后之儒者，划分义理、考核、文章为三，区别不相通，其所为细已甚焉。"这就表示，分义理、考核、文章为三，不始于戴氏，是多数学者的共同意见。戴段二人所强调的是三者的联系。

我们研究中国传统文化，特别是研究中国传统哲学，对于所谓义理之学、考据之学、词章之学，都必须有较深的体会，否则是难以真正理解古代学术的真实义蕴的。从其内容来说，义理之学即是哲学，考据之学是史学的基础，词章之学属于文学。

传统的义理之学有一个特点，即重视思想与生活的统一，亦曰"知行合一"。所谓"学"不仅是知识，而也是修养。王守仁说："然世之讲学者有二，有讲之以身心者，有讲之以口耳者。"（《答罗整庵少宰书》)所谓“讲之以身心”，即在身心修养上用功夫。我们想切实了解传统的义理之学，也必须了解古代哲学家的身心修养。这种学风也带来一定的局限性，尤其是对自然哲学的研究，总是将天道与人道联系起来，很少能对自然规律进行客观的探讨。但也表现了一定的优点，即强调伦理思想上的言行一致。固然不乏“假道学”“伪君子”，但是真正称得上思想家的还是“言顾行、行顾言”，有较高修养的。

讲义理之学者，有完全忽视考据的，如陆九渊；也有兼重考据的，如朱熹。朱熹对于考据是有贡献的，但又往往不顾史实，凭空立说，如《大学章句》说：“右经一章，盖孔子之言而曾子述之；其传十章，则曾子之意而门人记之也。”这都不过是“想当然耳”。

清代学者，从顾炎武以来，特别重视考据，阐明了一些具有科学性的考据方法。关于清儒的考据方法，梁启超在《清代学术概论》中有所论述，还是得其要领的，虽然梁氏自己的考据并不精细。

宋明的义理之学的大部内容已经过时了，当然还含有一些值得参照的理论观点。清儒的考据之学也多偏陋之见，但确实取得了一定的成就。清儒关于古书的校勘、训诂的贡献，今日还是必须承受下来的。

词章之学也有可以借鉴之处。“五四”运动进行“文学革命”，提倡白话文，这是中国文化史、学术史上的一件大事，其历史意义是非常重大的。但古人的文章，固然不必模仿，却仍应学习、读览，可以借鉴，可以欣赏。例如蒲松龄的《聊斋志异》是用文言写的，至今仍具有很高的欣赏价值。

由于中国的落后，现在一些人在羡慕西方文化之际，对于本国的传统文化颇有厌弃之意。这也是可以理解的。对于西方先进的文明，确实应该虚心学习；对于传统的陈腐积习，应该努力克服。但是，如果对于哺育自己的中华民族也厌弃了，那将成为无耻的败类了。难道几千年来独立发展、自成体系的中华文化毫无可以肯定之处吗？

马克思、恩格斯在《共产党宣言》说："共产主义革命就是同传统的所有制关系实行最彻底的决裂；毫不奇怪，它在自己的发展进程中要同传统的观念实行最彻底的决裂。"而恩格斯在《路德维希·费尔巴哈和德国古典哲学的终结》中又说："德国的工人运动是德国古典哲学的继承者。"可见马克思、恩格斯并不是要全盘否定古典哲学。我们学习马克思、恩格斯的学说理论，必须也学习德国古典哲学。作为中国人，仅仅学习、继承德国古典哲学，是否就足够了呢？我认为，对于中国的传统哲学也应研究、体会，在进行分析、判断的同时也要了解其中的积极因素，在接受西方先进思想之时，也应理直气壮地继承中国古典哲学中的优秀传统。

“百家争鸣” 与“定于一尊”

战国时代，中国学术界出现了“百家争鸣”的盛况。百家之中，儒墨两家号称“显学”（见《韩非子·显学篇》）。《庄子·天下篇》论述当时的学术，举出墨翟、禽滑釐，宋钘、尹文，彭蒙、田骈、慎到，关尹、老聃、庄周，以及惠施、公孙龙等六家；《荀子·非十二子》批评了它嚣、魏牟，墨翟、宋钘，陈仲、史鳍，慎到、田骈，惠施、邓析，子思、孟轲等十二人，再加所尊崇的仲尼、子弓，共举出十四人。司马谈写《论六家之要指》，将晚周以来的学派汇归为儒、墨、名、法、阴阳、道德六家。六家之说可谓得其要领。（按宋钘是一位著名思想家，持论在道家墨家之间，荀子以宋子与墨子并提，但墨家是有组织的，宋子未必加入了墨家的组织，可能司马谈将宋子归入道家。）《汉书·艺文志》依据刘歆《七略》于六家之外又增添了杂、农、纵横、小说四家，合称九流十家。其中纵横家是政客之说，农家主要是农学，小说家是从著体体裁上划分的，杂家是综合性的学说。《七略》是从图书分类来立说的，远不如司马谈六家之说的简明扼要。

先秦诸子，各有专长。儒家提出了比较完整的伦理学说；道家创立了内容深奥的本体论；墨家对于逻辑和自然科学有卓越贡献；法家的政治学说比较切合实际；名家长于辩论术，其主要代表之一惠施的“历物”学说亦具有自然科学的内容；阴阳家邹衍的“大九洲”说开拓了人们的地理知识。此外，天文学（甘公、石申）、医学（《内经》的基础）也都有较大的发展。晚周学术，如果不遇到挫折，顺利发展下来，将取得更丰富的成果。

可惜好景不长，秦始皇兼并六国，实现了政治的统一，也企图实现思想的统一，于是“焚书坑儒”，下令焚，烧《诗》《书》、诸侯“史记”以及诸子“百家言”，学术思想遭到了巨大的灾难。虽然秦朝的统治为时不长，但“焚书”的影响还是非常严重的，许多流传较少的书册湮没了。

汉代初年，纠正了秦初的失误，“除挟书之令”“置写书之官”，思想学术有复苏之象。到汉武帝时，董仲舒又提出统一思想的方策。汉武帝采纳了董仲舒的建议，于是“独尊儒术，罢黜百家”，从此以“经学”为学术正统的时代开始了。秦朝的“以法为教、以吏为师”的思想统治为时很短，汉朝以“经学”为学术正统的思想统治却维持了二千多年。

汉代实行“罢黜百家”的结果，战国时期与儒并称“显学”的墨学与以善辩著称的名家消亡了。墨家长于工艺，对于物理学有较深的研究；又长于论辩，对于逻辑学有较深的研究，名家的代表之一惠施是一位著名的博学之士，“惠施多方，其书五车”（《庄子·天下》），到汉初已大部散失了，《庄子·天下》仅保存了“历物”之意十条，都是非常精湛的思想。如果没有秦皇、汉武的两次思想统治的政策，如果名墨两家仍能继续发展，中国古代的逻辑学与物理学将达到更高的水平。

这里有一个值得讨论的问题：是否政治的统一必须有思想的统一来配合呢？是否思想的统一必须采取定某家为“一尊”的形式呢？秦朝采取“以吏为师、以法为教”的方针，二世而亡，证明秦朝的这一方针是失当的；汉代采取“独尊儒术、罢黜百家”的方针，其后经过唐、宋、明、清前后两千年而未能更改，是否证明汉代这一方针是正确的呢？

董仲舒“独尊儒术”的建议，对于汉代“大一统”的巩固有一定积极作用。但是，从更长的历史过程来看，中国明清时代没有产生自己的近代实证科学，确实与“经学”的思想统治有密切关系。西方中世纪是基督教统治着人们的思想，西方近代初期打破了基督教“经院哲学”的统治，于是近代实证科学诞生了。中国的中古时代，直到明清时期，以“理学”为形式的经学仍处于统治地位，这是中国没有产生自己的近代实证科学的原因之一（当然还有经济、政治上的原因）。“罢黜百家”的政策对于中国文化发展的消极影响还是比较显著的。

对于久已逝去的历史过程，我有时有一些稀奇的幻想。我幻想，假如董仲舒的建议不是“独尊儒术、罢黜百家”而是“尊崇孔子、兼容百家”，其效果将如何呢？一个时代的学术思想必有其最高的导师，这是必要的。但在确立最高的学术权威之后，仍可容许不同学派的存在。这在历史上也有其先例。春秋战国时期，在齐国，管仲是最受人崇敬的人物，但齐国设立稷下学宫，容许不同学派的学者讲学。著名的稷下先生有宋钘尹文、田骈慎到、邹衍邹奭，鲁连荀卿，分别属于道、法、阴阳、儒家。可惜这兼容并包的稷下学风在齐国灭亡之后就泯没不传了。这种“兼容并包”的学风，直至民国年间蔡元培先生出任北京大学校长才又重新提倡起来。

假如墨翟、惠施的学术在汉代没有中绝，那么，中国文化发展的轨迹将大大不同了。

自古及今，中国和西方的文化史都证明，“百家争鸣”是促进学术发展的唯一的正确方针。

“愚民”和“明民”

多年以来，许多关于中国思想史的论著都指责孔子的愚民思想。认为孔子是宣扬“愚民”的，证据是孔子说过：“民可使由之，不可使知之。”其实，这两句话究竟应如何解释，还是一个问题。康有为重新断句，改为“民可，使由之；不可，使知之”，显然是错误的。但“可”字是否“宜”“当”的意思呢？当时一位隐者曾讥讽孔子为“知其不可而为之者”，所谓“不可”是“不可能”之意。孔子说过：“中人以上，可以语上也；中人以下，不可以语上也。”(《论语·雍也》)所谓“可以”也是“可能”之意。孔子是一位教育家，主张“教民”。《论语》说：“子适卫，冉有仆，子曰：庶矣哉！冉有曰：既庶矣，又何加焉？曰：富之。曰：既富矣，又何加焉？曰：教之。”(同书《子路》)又云：“季康子问使民敬忠以劝，如之何？子曰：临之以庄，则敬；孝慈，则忠；举善而教不能，则劝。”(同书《为政》)孔子公开主张“教不能”，并且以“有教无类”为教学宗旨，何尝是宣扬“愚民”政策的呢？我认为，“民可使由之，不可使知之”的两个“可”字亦都是“可能”之意。所谓“不可使知之”即“不可以语上也”之意。这种观点，可以称为“民愚”观点，而不是“愚民”。孔子还说过：“困而不学，民斯为下矣。”（同书《季氏》）正是“不可使知之”的诠释。

“愚民”固属错谬，“民愚”也远非正确，但影响深远。汉初贾谊高度肯定人民的力量，却又认为民是“至愚”，他说：“夫民者，至贱而不可简也，至愚而不可欺也，故自古至于今，与民为仇者，有迟有速，而民必胜之。……戒之哉！与民为敌者，民必胜之！”（《新书·大政》）民是不可欺的，却又是既“贱”且“愚”的。董仲舒更把人民看作无知无识、没有觉悟的。

老子明确宣扬愚民，他说：“古之善为道者，非以明民，将以愚之。民之难治，以其智多。故以智治国国之贼，不以智治国国之福。”（《老子》六十五章）老子所讲愚民，与一般所了解的愚民不同，老子是主张君民皆愚，他反对“以智治国”。老子是宣扬“复归于朴”（二十八章），“我无欲而民自朴”（五十七章）。

哲学家中，明确反对愚民的是程颐，他说：“民可明也，不可愚也；民可教也，不可威也；民可顺也，不可强也；民可使也，不可欺也。”（《河南程氏遗书》卷二十五）又说：“君子之学也，使先知觉后知，使先觉觉后觉；而老子以为非以明民将以愚之，其亦自贼其性与？”（同上）程颐说过“饿死事小、失节事大”为后世所诟病，但是他反对愚民，却是正确的，是具有积极意义的。

在历史上，专制帝王是实行愚民政策的。《汉书·艺文志》说：“战国纵横，真伪分争，诸子之言，纷然殽乱。至秦患之，乃燔灭文章，以愚黔首。”秦始皇焚书就是为愚民。这是毫无掩饰的愚民政策。以后至于清朝，一方面编纂《四库全书》，一方面又实行“禁书”“改书”，是一种变相的愚民政策。

我们现在提倡民主，要健全民主制度。民主和“愚民”是不相容的，与“民愚”也是不协调的。提倡民主，必须振兴教育，开发民智。开发民智，就要让人民与闻国家大事，要增强政治的透明度。这些都是显而易见的道理。

我们要大力发扬社会主义民主，不但要在理论上反对“愚民”观念，更要在实际上认真实行“明民”的正确方针。

说杨墨

战国时期，孟子曾说“杨朱、墨翟之言盈天下”。杨朱的学说是“为我”“拔一毛而利天下不为也”；墨子的学说是“兼爱”，“摩顶放踵利天下为之”。所谓“拔一毛而利天下不为”，似乎是误会。韩非曾说当时有一派“轻物重生之士”，其态度是“不以天下大利易其胫一毛”，是说不以天下大利换自己的一毛，是特重自己生命而看轻外物之意。“为我”并不是追求个人的物质享受，而是特别重视自己的生命。《吕氏春秋》说“阳生贵己”，贵己与为我同义。

孟子批评杨朱说：“杨子为我，是无君也。”这确实道破了杨朱为我的本旨。杨朱提倡为我，正是反对为君主服务，亦即反对君权。在这一意义上，应该说杨朱是进步的，杨朱学说可谓肯定了个人的主体性，反对为统治者效劳。

孟子批评墨子兼爱说“是无父也”，这却是对于墨子的曲解。墨子宣扬“视人之家若视其家，视人之身若视其身”，主张爱人如己，并无“无父”之意，而是反对家族本位。中国古代社会，历来是以家族为本位的，墨家要求超越家族本位，也有其进步意义。后墨学中绝，与其反对家族本位有一定关系。墨家非命非乐之说亦严重违反了传统的社会心理。“生不歌、死无服”，“其生也勤，其死也薄”(《庄子·天下篇》)，一般人是难以遵行的。这也是墨学中绝的部分原因。但是，墨家的自我牺牲的精神确实是值得赞扬的，是可歌可泣的。

墨子强调爱人，是利他主义。杨子强调自爱，可以说是个人主义，但还不是一般人所谓利己主义。《淮南子》论述杨朱说：“全性葆真，不以物累影，杨子之所立也，而孟子非之。”这表明了杨朱的宗旨。杨朱的“贵己”不是纵情肆欲，而接近于老子的“少私寡欲”。《列子杨朱篇》假托杨朱的名义大讲纵情肆欲的思想，违背了历史的真实。

近代西方出现了“个人本位”“自我中心”的思想，近几年来传到中国，大有风靡一时之势，也可以说是“为我”。但杨朱为我是轻物重生，今日的自我中心未免有逐物的倾向。我认为，肯定个人的主体性是必要的，同时也应承认别人的主体性。自爱而又爱人，自敬而又敬人，肯定自己的人格尊严，也承认别人的人格尊严，才是正确的态度。

近来读到汤因比与池田大作对话录《展望二十一世纪》，其中有对于墨子兼爱的赞颂，汤因比说：“把普遍的爱作为义务的墨子学说，对现代世界来说，更是恰当的主张。”书中对于自我中心思想有所批评，指出“所有生物本来就是以自我为中心的、贪婪的”。原来自我中心是生物的本能倾向，并不是人之所以为人的特点。汤因比的学说确有重要的参考价值，我读后为之欢忻赞叹。

中国过去社会流行观念是以家族为本位的，直到今日，有许多不正之风与家族本位的遗风有一定的联系。现在应是克服家族本位的时代了。历史上儒家强调个人对于社会应尽的义务，对于个人在社会中应有的权利讲得不够。在今天，我们应肯定个性自由、人格独立，这是十分必要的。但是，个人自由不是一个人的自由，而是千千万万人的自由；人格独立不是唯我独尊，而是每一个人都保持独立的人格，都保持人格的尊严。孔子论仁，指出仁是“己欲立而立人、己欲达而达人”，兼顾人己，人我并重，这应是道德的最高准则。儒家表现了家族本位的倾向，但孔子讲仁，没有从家族关系立论，主要是从人我关系来讲的。这确实有深切的意义。孟子以“亲亲”说仁，在这一点上，就不如孔子以“己立立人”说仁那样深切了。

现在已经到达“无君”的时代，这是历史的进步。道德的基本原则应是“贵己”与“爱人”的一致。

读经与读子

中国古代经学，由来已久，《庄子·天下篇》述“古之道术”云：“其在于《诗》《书》《礼》《乐》者，邹鲁之士，缙绅先生多能明之。《诗》以道志，《书》以道事，《礼》以道行，《乐》以道和，《易》以道阴阳，《春秋》以道名分。”《荀子·劝学篇》云：“学恶乎始？恶乎终？曰：其数则始乎诵经，终乎读礼。……故《书》者政事之纪也；《诗》者中声之所止也；《礼》者法之大分、类之纲纪也。……《礼》之敬文也，乐之中和也，《诗》《书》之博也，《春秋》之微也，在天地之间者毕矣。”这些都是关于战国时期儒家经学的论述。

汉武帝实行“独尊儒术、罢黜百家”的政策，于是经学成为学术的正统。《汉书·儒林传》说：“自武帝立五经博士，开弟子员，设科射策，劝以官禄，讫于元始，百有余年，传业者寖盛，枝叶蕃滋，一经说至百余万言，大师众至千余人，盖禄利之路然也。”经师讲学，听众常有千百人，所讲亦常常流于繁琐。

汉代以后，经学经过多次演变，迄于清末，才逐渐丧失其正统的地位。“五四”新文化运动之后，儒学独尊的局面结束了。但是仍有少数人鼓吹“尊孔读经”，事实上，以经学为学术正统的时代已经过去了。

《诗》《书》（《尚书》）、《易》（《周易古经》）、《礼》（《礼仪》）、《春秋》五经，是中国最古的文化典籍，“六经皆史也”，确有重要的历史价值。但是，到了今天，六经与我们的距离太远了。经书的一个特点是文辞古奥，不易理解。其中《尚书》的文字更是佶屈聱牙，晦涩难读。时至今日，五经只能作为专门之学、由专家学者来研究，不能是一般知识分子的必读书了。

“五四”时期，曾有人反对读古书，甚至有人反对读中国书。这事实上是偏激之谈，是难以推行的。不读中国书，专读外国书吗？外国书是应该读的，但是中国书不可不读。作为一个中国人，尤其是作为一个中国的知识分子，对于中国的传统的精神文明应有所了解。只有对中国精神文明的基本内容有所了解，才能燃起热爱祖国的激情。世界上各先进国家莫不尊重自己的民族传统。当然也重视别的国家的文化成就。而近年一些鼓吹“全盘西化”的人们却偏偏唾弃自己的文化传统，实际上这是可悲而又可笑的！

对于本民族的文化传统，还是应该批判继承，弃其糟粕，弘扬其中的精华。

我们要想理解中国文化的精粹思想，读经不如读子。先秦诸子实为中国文化精华之所在。我认为，有十部子书，乃是中国知识分子所必读。这十部书是：《论语》《孟子》《老子》《庄子》《墨子》《荀子》《管子》《韩非子》《孙子兵法》、王充《论衡》。

这十部书中，《论语》《老子》字数不多，可以全读；其余

《孟》《庄》等书，都宜选读。例如《孟子》的哲学思想主要集中于《告子》《尽心》两篇，但是关于“富贵不能淫、贫贱不能移、威武不能屈”的大丈夫的言论，见于《滕文公》篇，也是必读的。《庄子》可选读《逍遥游》《齐物论》以及《马蹄》《秋水》等篇。《荀子》的《劝学》《王制》《天论》《正名》等篇，《墨子》的《兼爱》《非命》以及《经上》《经下》等篇，都能益人神智。《管子》书中提出全面的治国安邦的政治学说，其中《牧民》《形势》《权修》《枢言》等篇，兼重法制与道德教化，确实具有深切义蕴。韩非专讲“法、术、势”，排斥道德教育，未免陷于偏谬，但是他的议论往往“切于事情”，如《显学》《五蠹》等篇，犀利透辟，仍然值得阅读。《孙子兵法》系千古名作，不仅适用于军事。王充《论衡》文词冗赘，但其《自然》《物势》《论死》《订鬼》等篇乃是宣扬无神论、破除迷信的光辉文献，至今仍有重要的理论价值。（以上仅举各家的代表作，阅读当不限于这些篇，这里不必详列。）

《汉书·艺文志》中《论语》在“六艺略”，《孟子》在“诸子略”，后来都列入“十三经”，在本质上属于子书。五经中的《周易》又分经传，其中《周易大传》（“十翼”）传说是孔子所著，事实上应是孔子再传弟子所著，本质上亦属于子书，其中精粹之语很多，是每一个中国知识分子所应理解的。《礼记》本是孔门七十子后学所著，许多篇章取自儒家子籍，亦应选读。

自十六、十七世纪以来，西方学术突飞猛进，但是西方学者并未诋毁西方的古代传统，许多学者仍赞扬柏拉图、亚里士多德。近代西方学术确已推陈出新，超越了传统，但是并不标榜“反传统”。

超越传统是必要的，但是超越传统，必须先理解传统。正如列宁所说："只有确切地了解人类全部发展过程所创造的文化，只有对这种文化加以改造，才能建设无产阶级的文化，没有这样的认识，我们就不能完成这项任务"。（《列宁选集》第 4 卷第 348 页）中国传统文化是人类文化的一部分，作为一个中国人，能忘记自己的民族传统，甘心自卑自贱、自暴自弃吗？

近年有些人写文章论述哲学问题，从古希腊讲起，一直讲到西方近代，却只字不提中国本土的思想，好像中国是一片荒漠。这种"数典忘祖"的作风，能促进文化的发展吗？一个有良知的中国学者应不会忘记先秦诸子的精湛思想。当然，先秦诸子距离我们也已二千年了，我们应超越他们的局限，达到新的高度。

评“内圣外王”

“内圣外王”之说始见于《庄子·天下篇》。《天下篇》云：“天下大乱，贤圣不明，道德不一，天下多得一察焉以自好，……判天地之美，析万物之理，察古人之全，寡能备于天地之美，称神明之容，是故内圣外王之道，暗而不明，郁而不发。”所谓“内圣外王之道”也就是以“全”“备”为特点的“道”。《天下篇》兼崇圣与王，似乎是儒家的观点，所以有人怀疑《天下篇》是儒家的作品。但是《老子》书中亦讲“天下王”，《庄子·内篇》亦有“应帝王”，看来道家也没有完全忘情于治国之道。所以《汉书·艺文志》以为：“道家者流，……此君人南面之术也。”我认为，《天下篇》宣扬“内圣外王之道”，仍不失为道家之言。

在儒家孔、孟的言论及荀子的著作中却没有提出“内圣外王”的成语。孔子“祖述尧舜，宪章文武”，在孔子心目中尧舜应是最大的圣人。尧舜是王，这是没有问题的，但孔子却认为尧舜作为圣人尚不无遗憾。《论语》记载：“子贡曰：如有博施于民而能济众，何如？可谓仁乎？子曰：何事于仁？必也圣乎！尧舜其犹病诸？”(《雍也》)圣的标准是“博施于民而能济众”，尧舜还没有百分之百地达到这个标准。严格说来，尧舜还没有做到“内圣外王”。

孟子“言必称尧舜”，但孟子心目中可称为圣人者很多。“伯夷，圣之清者也；伊尹，圣之任者也；柳下惠，圣之和者也；孔子，圣之时者也。”（《孟子·万章下》）又以禹、周公、孔子为“三圣”（《滕文公下》）。这些圣人，除禹以外，都不是王。孟子引述孔子弟子对于孔子的称赞说：“以予观于夫子，贤于尧舜远矣！”“自生民以来，未有盛于孔子也。”（《公孙丑上》）孟子亦认为：“自有生民以来未有孔子也。”（同上）在孟子的心目中，最大的圣人不是王者，这是关于圣人的思想的新发展。

荀子讲过“圣王”，他说：“欲观圣王之迹，则于其粲然者矣。”（《荀子·非相》）所谓“圣王”指尧舜及周文王武王等。荀子有时以“圣”与“王”相提并论，他说：“圣也者，尽伦者也；王也者，尽制者也。两尽者，足以为天下极矣。”（《解蔽》）“尽伦”“尽制”，不一定统于一人。荀子也有“非圣人莫之能王”之说，以为“天下者至大也，非圣人莫之能有也”。（《正论》）但不承认王者就是圣人。荀子虽然推崇“圣王”，但未提出“内圣外王”的观念。

所谓圣即具有极高尚的品德与极高明的智慧。王是最高权力的掌握者，如果一个王自称为圣，也就是自以为掌握了最高真理。秦汉以来，历代统治者都是掌握最高权力的。他们的命令称为“圣旨”。事实上，历代帝王品德未必高尚，智慧亦未必高明，这是他们自己也知道的。封建时代，把帝王的权力绝对化。其效果如何？明清时，中国的文化学术迟迟不进，正是专制主义空前加强的结果。

如果真正出现了一个伟大的天才，实现了“内圣外王”的理想，他掌握了终极真理，又掌握了最高权力。那会出现如何情况呢？那将是，一个“圣王”在上，人民只能听从圣王的诏命，这将是一种什么局面呢？这将是一个“万马齐喑”的文化停滞的局面。

辛亥革命打倒了王权，虽然是一次不彻底的革命，但废除了王权仍是一项巨大的进步。然而，近二三十年来，有一些学者却高谈“内圣外王之道”，他们忘记今后不可能再出现王权了。

儒家论圣，以为圣有一个特点，即不自以为圣。孔子不以圣自居，这正是圣人应有的态度。可以说，如果一个人自以为圣，他就不是圣。这是一个悖论，却是一条真理。

传说释迦牟尼曾经宣称：“天上地下，唯我独尊。”孔子却说：“若圣与仁，则吾岂敢？”在这一方面，孔子的谦虚态度是值得敬佩的。今天，确有一些信仰“自我中心”、自以为“唯我独尊”的人，其实是不可取的。

《庄子·天下篇》宣扬“内圣外王之道”，含有兼重道德修养及其实际运用的意义，在当时具有一定进步性。时至今日，王权久已废除了，再标榜“内圣外王”，那就不符合今日的时代精神了。

谈士节

汉代史学家司马迁《报任少卿书》中说“士节不可不励也”。所谓士节即是知识分子的节操。这是自古以来知识分子所共同重视的。这一观念，来源很早。《周易·蛊卦》：“上九，不事王侯，高尚其事。”这不事王侯的人表现了崇高的气节。孔子弟子曾子说：“可以托六尺之孤，可以寄百里之命，临大节而不可夺也。君子人与？君子人也。”（《论语·泰伯》）临大节而不可夺，即具有坚定的志节。孟子引述曾子的处世态度说：“曾子曰：晋楚之富不可及也。彼以其富，我以吾仁，彼以其爵，我以吾义，吾何慊乎哉？”（《孟子·公孙丑下》）这表现一个思想家的道义自持不屈服于权势的态度。孟子论士人的节操说：“士穷不失义，达不离道。穷不失义，故士得己焉。达不离道，故民不失望焉。”（同书《尽心上》）所谓“得己”，就是保持个人的主体性，不随环境的改变而动摇。

《礼记·儒行篇》论士人的节操云：“儒有可亲而不可劫也，可近而不可迫也，可杀而不可辱也。”在这之后，可杀不可辱成为历代知识分子所遵循的主要操守。在消极方面，可杀不可辱；在积极方面，便是“以天下为己任”。《世说新语·德行篇》：“陈仲举（陈蕃）言为士则，行为世范，登车揽辔，有澄清天下之志。”“李元礼（李膺）风格秀整，高自标持，欲以天下名教是非为己任。”这种以天下为己任的态度影响深远。范仲淹宣扬“先天下之忧而忧，后天下之乐而乐”，即自任以天下为重。这是具有高度社会责任心与历史使命感的积极态度。

在今天看来，所谓士节即坚持自己的主体意识。主体意识包括人格独立意识与社会责任心，乃是人格独立意识与社会责任心的统一。一方面要坚持独立的人格，不随风摇摆，不屈服于权势；另一方面更有社会责任心，不忘记自己对于社会应尽的义务。社会责任心的最重要的内容即爱国意识。所谓气节的最主要的内容即是民族气节。民族独立是个人的人格独立的重要条件。亡国之民是不可能具有独立人格的。中国自古以来，众多的志士仁人为了保卫民族主权而从事艰苦卓绝的斗争，其崇高精神是值得赞扬的。

中国自秦汉至明清，历代都实行专制制度。专制制度的特点就是奴役人民，“使人不成其为人”。但是广大人民包括知识分子并不甘受奴役，经常从事各种方式的斗争。儒学虽然受到专制帝王的尊崇，但是儒学作为教育家的哲学却是力求“使人成其为人”。历代都有刚直不屈、正直不阿的人，不畏权势，而敢于坚持一定的原则。这也是士节的高度发扬。

士节是地主阶级知识分子提出的观念，自然有其时代的局限性，但是在历史上也起过一定的积极作用，在今天仍然具有一定的重要意义。

评“三不足”

北宋中期，王安石主持变法，当时有“三不足”之说，即“天变不足畏，祖宗不足法，人言不足恤”。事实上，这不是王安石所说的，而是当时的反对派对于王安石思想言论的概括。王安石变法，确实是很有胆量的，他当时力主革新，表现了无畏的精神。1975 年左右，所谓“批儒评法”运动，宣扬儒法斗争，吹捧王安石为大法家，对于所谓“三不足”也大加鼓吹。事实上，对于所谓“三不足”，还应加以比较具体的分析。

“天变不足畏”，表现了唯物主义的态度，这是值得充分肯定的。荀子《天论》说：“天行有常，不为尧存，不为桀亡。……故明于天人之分，则可谓至人矣。”又说：“星坠木鸣，国人皆恐。曰：是何也？曰：无何也，是天地之变、阴阳之化、物之罕至者也，怪之可也，而畏之非也！”这是典型的“天变不足畏”的论断。汉代董仲舒宣扬“天人感应”，比荀子后退了。王充对于天人感应进行了有力的批驳。唐代柳宗元倡言“天人不相预”，王安石可能受到柳宗元的影响。

“祖宗不足法”，是明显的法家观点。商鞅曾说：“苟可以强国，不法其故，苟可以利民，不循其礼。”法制应随时改变，不宜守旧。这是正确的。孟子曾说：“不愆不忘，率由旧章。遵先生之法而过者，未之有也。”（《孟子·离娄上》）这表现了儒家的严重偏蔽。但是，对于所谓“旧章”，也应具体分析，既不能断言“旧章”全不可改，也不能说“旧章”应全部否定。孔子提倡“三年无改于父之道，可谓孝矣”。照他所说，三年之后还是可以改的。事实上，应改则必改，是不必等待三年之久的。

比较复杂的是如何看待“人言”的问题。荀子的《正名篇》说：“礼义之不愆兮，何恤人之言兮！”这是引“逸诗”的文句，意谓自己既未违反礼义，就不必顾虑别人的闲话了。“礼义之不愆”是“何恤人之言”的必要条件。如果违反了礼义，还是应该顾恤人之言的。在一般情况下，虽然“礼义不愆”，仍应博采众议。《荀子·尧问篇》中记载了周公的一段故事：“伯禽将归于鲁，周公谓伯禽之傅曰：……吾所执贽而见者十人，还贽而相见者三十人，貌执之士者百有余人，欲言而请毕事者千有余人。于是吾仅得三士焉以正吾身，以定天下。吾所以得三士者，亡于十人与三十人中，乃在百人与千人之中。故上士吾薄为之貌，下士吾厚为之貌，人人皆以我为越逾好士，然故士至。士至而后见物，见物然后知其是非之所在。戒之哉！”这叙述了周公礼贤下士的谦虚态度，未必是周公的真实故事，但表现了儒家的思想观点。最值得注意的是，周公所得的三士，不是在上层人士之中，而是在一般群众之中，所以对于地位较低的士更应加以尊重。对于上士，可“薄为之貌”；对于下士，则应“厚为之貌”，必须接待多士，“然后知其是非之所在”。这都表示广询人言的必要。这具有非常深刻的含义。总而言之，对于人言，应加以分析。违反事实的虚妄之言，是可以不予顾恤的；对于反映事实的真诚之言，还应加以重视。

在中国历史上，倾听人言的政治家不乏其人。最著名的是春秋时郑子产不毁乡校的故事。《左传》襄公三十一年："郑人游于乡校，以论执政。然明谓子产曰：毁乡校何如？子产曰：何为？夫人朝夕退而游焉，以议执政之善否。其所善者，吾则行之；其所恶者，吾则改之，是吾师也，若之何毁之？我闻忠善以损怨，不闻作威以防怨。岂不遽止？然犹防川，大决所犯，伤人必多，吾不克救也，不如小决使道，不如吾闻而药之也。然明曰：蔑也今而后知吾子之信可事也。小人实不才，若果行此，其郑国实赖之，岂唯二三臣？仲尼闻是语也，曰：此是观之，人谓子产不仁，吾不信也。"子产愿听人民对于执政的评论，以人民的议论为师，这可以说表现了一种民主作风。孔子因此称赞子产为仁者，可见孔子也是重视人言的，后来诸葛亮提出"集众思、广忠益"的名言，都是重视人民言论的表现。这可谓中国古代的一项优良传统。

辨程门立雪

多年以来，流传着“程门立雪”的故事，传为美谈。去年有一个刊物的封面上刊登了程门立雪的图画，画中程伊川坐在室中，弟子杨时、游酢站在门外，杨游二人身上都落上了雪花。近来又看到“中华文化集粹丛书”的《哲人篇》，其中程颢一节有一幅“程门立雪”的插图，画着程子和两个弟子都在室外，身上都落满了雪花，这里实际上存在着不符合事实的误解。

按程门立雪的故事见于《河南程氏外书》卷十二，原文是：

> 游、杨初见伊川，伊川瞑目而坐，二子侍立。即觉，顾谓曰：贤辈尚在此乎？曰既晚，且休矣。及出门，门外之雪深一尺。(《二程集》第429页)

记载明说“及出门，门外之雪深一尺”，显然二子侍立是在室内，并非在门外。认为二子立于门外，实出误会，伊川瞑目而坐，是在作气功。

伊川教弟子，以严毅著称。《程氏外书》又载：“明道犹有谑语，若伊川则全无。……伊川直是谨严，坐间无问尊卑长幼，莫不肃然。”（《二程集》第 442 页）又云：“明道先生每与门人讲论，有不合者，则曰更有商量，伊川则直曰不然。”（同上书第 416 页）不但对弟子如此，对于皇帝亦如此。《外书》载：

> 元祐初，文潞公以太师平章军国重事，召程正叔为崇政殿说书。正叔以师道自居，侍上讲，色甚庄，以讽谏，上畏之。（同上书第 423 页）

因此得罪于皇帝，不久即被免职了。程伊川对于自己也很严格，他平生不肯坐轿。《外书》载：“先生自少时未尝乘轿。……诘其故，语之曰：某不忍乘，分明以人代畜。”（同上书第 406 页）伊川是严肃主义的实践者。

将程门立雪传为美谈，意在宣扬师道尊严，其实立雪二字并不恰当，好像是立在雪中，其实是立于下雪之时。让游、杨二人久久侍立，以至门外雪深一尺，恐亦非程伊川的本意。看伊川说：“贤辈尚在此乎？”是他并不知二子尚未离开。但是，弟子来见，伊川却静坐不顾，实亦非宜。程明道大概不会让弟子久立。《外书》云：“朱公掞来见明道于汝，归谓人曰：光庭在春风中坐了一个月。”（《二程集》第 429 页）侍坐而非侍立，这是正常的。

中国古来有尊师的传统，二程之师周敦颐所著《通书》说：“或问曰：曷为天下善？曰师。……先觉觉后觉，暗者求于明，而师道立矣。师道立则善人多，善人多则朝廷正而天下治矣。”又说：

“人生而蒙，长无师友则愚，是道义由师友有之。”尊敬师长是文化延续发展所必需的。

在“史无前例”的“文化大革命”期间，师道扫地以尽，学生对于老师可以殴打，可以叱责，其实是对于文明的大破坏！党中央拨乱反正之后，建立了正常的师生关系，文化教育才又走上了健康发展的道路。

历史是发展的，后代应胜过前代。孔子早就说过：“后生可畏，焉知来者之不如今也?”荀子说：“青取之于蓝而青于蓝，冰水为之而寒于水。”但是对于老师还是应该尊重的。荀子又说：“言而不称师谓之畔（叛），教而不称师谓之倍（背）。”（《荀子·大略》）不应因为“青于蓝”而轻视蓝。老师应鼓励学生更前进，学生比老师前进了，有所发展，有所创新，但对于老师仍应敬重。这才是正确的师道。

礼义与人心

《庄子》批评儒家："明乎礼义，而陋于知人心。"（《庄子·田子方篇》）这句话近年来常被引用。从儒家的著作来看，儒家是自以为知人心的。孟子认为得民心者得天下，"得天下者有道，得其民斯得天下矣。得其民有道，得其心斯得民矣。"（《孟子·离娄上》）秦汉以来历代兴亡的历史都证实了这句话。儒家何尝不重视人心？在先秦时代论心较详的是孟荀。孟子讲"恻隐之心、羞恶之心、辞让之心、是非之心"，认为人心有所同然。"心之所同然者何也？谓理也、义也。"（《孟子·告子上》）而庄子却将人心与礼义对立起来，其所谓心的内容何在呢？

近月见到一篇文章，引《庄子》"明乎礼义而陋于知人心"而加以解释说："人心，情也欲也。"但是人所共知，庄子是主张"无情"的，老子也宣扬"无欲"。"拔一毛而利天下不为"的杨朱，据《淮南子》说，是主张"全性葆真，不以物累形"，也非追求情欲的满足的。所以，以为道家所谓人心是指情欲而言，是没有根据的。

从庄子的思想体系来看，以人心与礼义对立起来，乃是对于等级制度的批判。礼义肯定上下贵贱的等级区分。道家对于上下贵贱的等级区分表现了严肃的不满。《庄子·马蹄篇》说："夫至德之世，同与禽兽居，族与万物齐，恶乎知君子小人哉！同乎无知，其德不离；同乎无欲，是谓素朴。素朴而民性得矣。"庄子批评儒家"陋于知人心"，确实具有深刻的含义。

道家反对等级制度，但又忽视了人人应该具有社会责任心。儒家强调社会责任心，而肯定了当时社会的等级差别，认为贵贱区分是合理的。这是中国思想史上的一项"两难"。只有到了现代，我们明确了个人与社会的真实关系，才有可能摆脱这项"两难法"。

疑古与信古

中国古代曾经有一个信古的传统。孔子自称“信而好古”。但是《论语》所载孔子的言论对于古代只讲尧舜禹，对于尧舜以前无所论述。孟子“言必称尧舜”，也不讲尧舜以前。《周易·系辞》讲到庖牺、神农、黄帝。《大戴札记》有《五帝德》篇，司马迁因之作《五帝本纪》，“自黄帝始”。后来，唐司马贞作《史记索隐》，撰写了《补三皇本纪》。宋胡宏作《皇王大纪》、罗泌作《路史》，所述上古史都详于《史记》。所以顾颉刚先生提出“古史是层累造成的”。这确是汉代以后的上古史籍的实际情况。层累造成的古史显然是不可信的。

但疑古之风不始于顾颉刚。清代史学家崔述著《考信录》，凡非儒家经典所载，一概不予置信，已开疑古之风。但崔氏仍信儒经。顾颉刚更进一步，对于儒家经典亦持怀疑态度，连尧舜禹的传说都推翻了。至于伏羲、神农、黄帝，更不在话下了。幸而清末发现了殷墟甲骨，使商代史得以肯定下来。但夏代史似乎若存若亡了。于是中国上古史缩短了。近年一些神话学者对古代神话很感兴趣，宁信《山海经》而不信《尚书》，认为尧舜都属于神话而非历史人物了。

但是，近年考古发掘，发现了前所未见的上古遗迹，证明中国上古时代确属年代久远。于是中国上古史又向前推移了。

我感到，疑古派对于尧舜禹的怀疑，也有可疑，这可谓对于疑之疑。今存先秦古籍中，不仅儒家讲尧舜，墨家、道家以及法家，也都讲尧舜。庄子讥议尧舜，但不否认尧舜的存在；韩非说："孔子墨子俱道尧舜，而取舍不同，皆自谓真尧舜，尧舜不复生，将谁使定儒墨之诚乎？"韩非对于儒墨所讲提出怀疑，但没有怀疑尧舜的历史存在，如果尧舜本无其人，何以诸子都信以为真呢？所以，我认为，至少尧舜禹的故事是春秋战国时代学者共信的传说，不是可以随意推翻的。

清代以来，有学者因为《左传》中没有提到孙武，因而怀疑孙武其人，不承认《孙子兵法》是孙武所著。近年银雀山发现了《孙子兵法》和《孙膑兵法》的竹简，证明《孙子兵法》确在孙膑之前。近年湖北随县又发现曾侯墓编钟，更证明《左传》以及《国语》确实没有记录春秋时代的全部历史事实。我们不能因为《左传》没有孙武就否认孙武其人。

信古，应该有所根据。疑古，也应该有一定限度。

近几年来，很多人讲"炎黄文化"，在"周易热"中，伏羲更受到尊崇。应如何看待关于伏羲、神农、黄帝的传说呢？我认为，应该承认传说与神话的差异。神话出于想象或原始迷信，而传说是从远古以来口耳相传的"口述历史"，虽不尽真，亦不尽伪。关于尧舜禹的传说是先秦诸子所共信的，是不应随意否定的。而伏羲、神农、黄帝已成上古时代文明创造者的象征，虽然其详细史迹无从考定，但必有这类文明创造者确是灼然无疑的。

我们不能回到层累造成的唐宋时代所讲的古史中去，但也应该尊重古代传说的历史价值。

修辞立其诚

“修辞立其诚”，是《易传·文言》的一句话。这句话虽然是二千年以前讲的，现在仍应加以肯定，仍应承认这是发言著论写文章的一个原则。“立其诚”即是坚持真实性。诚者实也，真也。现代所谓真，古代儒家谓之为“诚”。（在中国哲学史上，首先用“真”字的是道家。《庄子》说：“道恶乎而有真伪？”以真伪对举，始于庄子。）

“立其诚”可以说包括三层含义，一是名实一致，二是言行一致，三是表里一致。

名实一致即是言辞或是命题与客观实际的一致。一般言辞的内容包括许多命题。哲学命题与科学命题都是表示客观事实或客观规律的。哲学命题与科学命题都可称为理论命题，理论命题符合客观实际，就是真理的揭示。文学不是表示客观事实或客观规律的，然而也必须对于事物现象的本质有所显示，才能够感动人心。

言行一致亦即理论与实践一致，思想与行动一致。浅言之，即一个人的言论与他的行为一致；深言之，即学说理论与社会实践一致。古语说：“听其言而观其行。”听一个人的言论还要看他的行为是否符合他的言论。实践是检验真理的标准。与社会实践相符合的，才能称为真理。

表里一致即心口一致，口中所说的与心中所想的应该一致。如果口说是一套，心里所想的却是另一套，是谓说假话，是最明显的不诚。“修辞立其诚”，首先要表达自己的真实思想。

学说、言论、文章，都有一个诚伪的问题。

哲学与科学的目的在于追求真理，追求对于世界的正确认识。人在观察现象的时候，往往表现一定的主体性，在认识中会有一定的主观因素。但是，追求真理就应力求避免主观的干扰。《管子》书的《心术上》提出所谓“静因之道”。《心术上》说：“因也者，无益无损也。……因也者，舍己而以物为法者也。”这是说，在认识外物的时候不要对于外物有所损益，力求认识外物的本来面目。列宁论“辩证法的要素”，举出十六条，第一条是“观察的客观性”，这是唯物主义方法的基本原则。

多年以来，人们强调主体性的重要，这是正确的。但是，发挥主体性，应以认识的客观性为前提。这里有一个改造世界与认识世界的关系问题。人类的主体性，主要在于能改造世界，但改造世界应以正确的认识为依据。只有正确地认识世界。才能有效地改造世界。有时在改造世界的过程中也能加深对于世界的认识，但是对于世界的正确认识还是改造世界的基本条件。

“修辞立其诚”，包含端正学风的问题。据《汉书·儒林传》记载：齐的经师辕固曾对公孙弘说：“务正学以言，无曲学以阿世。”所谓“曲学阿世”即是哗众取宠，曲解经典的原意以讨好于时尚，也就是背离了原则而顺风转舵，这就违反了追求真理的学术宗旨。“修辞立其诚”应是端正学风的首要准则。汉代经师所尊崇的是儒家的原则，我们今天则应强调社会主义的基本原则。

揭示客观真理确非容易，但是表达自己的真实思想应该并非难事。然而，千百年来，由于世事的错综纷繁，说真话、讲实话，都不是容易做到的。人们常常把真实的思想感情隐藏起来。这是复杂的不正常的社会关系所造成的人心的扭曲。然而，把自己的真实见解表达出来，这应是“修辞立其诚”的起码要求。

应该承认，“修辞立其诚”是一个唯物主义的原则。唯物主义肯定事实，肯定客观真理。唯物主义者无所畏惧，敢于把自己的思想见解亮出来。虽然在今天的世界上唯心主义比较流行，我还是相信，唯物主义是科学研究的真实基础。

张岱年年谱简编

1909 年 5 月生，字季同，别署宇同，原籍河北省献县，所在村庄于五十年代又划归沧县。

1933 年毕业于北京师范大学。

1933 年秋季到清华大学任哲学系助教。

1943 年至 1946 年任中国大学讲师、副教授。

1946 年至 1952 年任清华大学哲学系副教授、教授。

1952 年起任北京大学哲学系教授。1982 年起任博士研究生导师。

1986 年兼任清华大学思想文化研究所所长。

1979 年至 1989 年任中国哲学史学会会长，1985 年任中国文化书院名誉院长，中华孔子学会会长。

1994 年获北京大学首届人文社会科学突出贡献奖。

主要著作：

《中国哲学大纲》，1958 年商务印书馆，1982 年中国社会科学出版社再版。

《中国唯物主义思想简史》，1957 年中国青年出版社。

《中国哲学发微》，1982 年山西人民出版社。

《中国哲学史史料学》，1982 年三联书店。

《中国哲学史方法论发凡》，1983 年中华书局。

《求真集》，1985 年湖南人民出版社。

《玄儒评林》，1985 年湖南人民出版社。

《真与善的探索》，1988 年齐鲁书社。

《文化与哲学》，1989 年教育科学出版社。

《中国伦理思想研究》，1989 年上海人民出版社。

《中国古典哲学概念范畴要论》，1989 年中国社会科学出版社。

《张岱年文集》第一卷至第六卷，清华大学出版社。

《中国文化与文化论争》（与程宜山合著），1992 年中国人民大学出版社。

《张岱年学术著作自选集》1993 年首都师范大学出版社。